D1730703

Schuppenhaut

Irena Brežná

Schuppenhaut

Ein Liebesroman

edition ebersbach

Für Igor Pomeranzev

1

Als mich der Taxifahrer hoch über dem See absetzte, ahnte ich nicht, dass ich mit der kühlen Villa ein Getto betreten sollte, das mich für lange Monate in seinem Bann halten würde.

Ich bin jetzt ganz ruhig. Mein Mann sagt, ich hätte einen melancholischen Blick bekommen, aber ich protestiere:

»Es ist nur die Mandelform meiner Augen.«

Ich zeige ihm alte Fotos von der Abiturfeier und er gibt zu:

»Ja, es ist die Form und nicht der Ausdruck.«

Vor dem Sonnenuntergang, der jetzt früh einsetzt, joggt er im Wald und ich gehe mit unseren beiden Söhnen zum Flussufer. Während die Jungen Steine in den Fluss werfen, suche ich nach außen gefasst, aber innerlich freudig aufgewühlt nach Eidechsen. Sie liegen mit erhobenen Köpfen auf flachen Felsen und holen sich für die Nacht die letzte Wärme. Ich brauche nur den Blick über die Schuppen gleiten zu lassen und schon fühle ich ihre Rauheit, die sich für immer in meinen Fingerkuppen festgesetzt hat. Es ist eine besondere Art von Rauheit, nach der ich süchtig geworden bin. Ich glaube fast, ich habe ein neues Sinnesorgan gewonnen, ein Gedächtnis, das ich der Menschheit weitergeben werde. Du bist der Preis dafür.

Die letzte Erinnerung an dich ist die stärkste. Ich sehe dich von hinten. Die Schuppen auf deinem Rücken glitzern metallisch grün in der Sonne. Meine Liebe zu dir ist kein Wirbel mehr, sondern ein feines Gewebekorsett, das spannt, wenn ich tief Atem hole. Aber das tue ich nicht oft und bald kommt wieder der Winter und die Eidechsen werden sich verkriechen.

Die Villa über dem See wirkte bescheiden, dabei war sie solide wie alles in diesem Land. Der Reichtum, der sich in den vielen kleinen, nützlichen Gegenständen und schweren Möbeln verbarg, sollte diskret sein, wie das dem hiesigen Geschmack entspricht.

Ich habe zum Reichtum ein angespanntes Verhältnis, eine barbarische und kindische Verachtung, doch meine zerstörerischen Gedanken zerstreuten sich, denn der Hausherr hatte einen sympathischen Gesichtsausdruck und eine warme Hand. Er führte mich in sein Arbeitszimmer, er sprach laut. Erst später begriff ich, dass er so aufgeregt war, weil er mich in seine Intimsphäre hereingelassen hatte.

»Sie machen also eine Untersuchung über Psoriasis. Fragen Sie nur. Ich gehöre ganz Ihnen.«

Er sprach jovial und warf dabei die Arme auseinander, was unüblich ist. Denn die Einheimischen bewegen sich, als hätte man ihnen einen streng bemessenen Raum zur Verfügung gestellt. Ich schrieb seine Impulsivität meinem offenen Gesicht zu, mit dem ich ihn absichtlich anstrahlte, aber sie hing wohl mit seiner Ungeduld zusammen, mich endlich einweihen zu können.

Ich wusste wenig über die Psoriasis. Die leitende Psychologin im Forschungsinstitut trug mir auf, unvoreingenommen zu recherchieren. Ich habe ihre Empfehlung übertrieben ernst genommen und gebärdete mich nun wie ein naives Mädchen. Sie hatte mich zur Probe angestellt und der Ehrgeiz lastete bei jedem Interview auf mir. Schon in der Grundschule war ich eine fleißige und vernünftige Schülerin gewesen. Diese Eigenschaften und das Lob, das ich dafür bekommen hatte, sind zu einem festen Fundament geworden, auf dem ich alles aufgebaut habe.

»Mit Zwanzig stürzte ich vom Pferd und danach bekam ich diese Schuppen an beiden Ellbogen. Das ist schon bald sechzig Jahre her.«

Er rollte den gestreiften Hemdärmel hoch und zeigte mir kleine weiße Höcker.

»Kommen Sie, fassen Sie es an! Haben Sie keine Angst!«

Er nahm meine Hand, presste die Finger an seinen linken Ellbogen und schob sie fest hin und her. Eine Entdeckungsfreude überkam mich, ich tastete mich durch seine Höcker wie durch einen Urwald. Seine Erregung legte sich. Für den Rest des Gesprächs blieb er gelöst.

Manchmal gehe ich mit den Kindern in den Zoo, obwohl es mich anstrengt. Damals, als ich zu dir kam und in deine schrägen gelben Augen hineinraste wie in eine explodierte und längst erkaltete Sternengalaxie, wusste ich, dass ich diese Augen schon irgendwo gesehen hatte. Es ist die Horde der wahnsinnig gewordenen Wölfe, auf die ich über eine Mauer hinunterschaue. Sie laufen gehetzt hin und her und wenn sie anhalten, blicken sie mich kurz und intensiv an. Jeder ihrer Blicke erotisiert mich gleichermaßen, ich kann mich für keinen Einzelnen entscheiden. Ich halte ihre Verzweiflung kaum noch aus. In meinem Gesicht haben sich zwei Furchen gebildet, die sich von den Nasenflügeln bis zu den Mundwinkeln hinunterziehen und die mir in Erschöpfungszuständen den Stempel des Leidens aufdrücken. Mein Mann und die

Söhne rufen dann, lach doch mal, und ziehen mir die Mundwinkel hoch.

Du ergötztest dich an meiner gelegentlichen Hässlichkeit und hartnäckig behauptetest du, meine Schönheit entferne uns voneinander, da sie etwas Öffentliches sei, und nur die Hässlichkeit sei unsere Chance. In ihr seien wir uns vertraut. Ich war froh darüber. Ich hielt es für eine Garantie und brüstete mich meinerseits damit, dass ich ausnahmsweise fähig wäre, einen hässlichen Mann zu lieben. Das wäre ein Zeichen dafür, wie uneigennützig meine Liebe wäre.

»Ich ging von Pontius zu Pilatus. Es hat nichts genützt. Die Dermatologen wissen nichts.«

Der Alte senkte die Stimme verschwörerisch und streckte den Arm zum Fenster hin:

»Da wohnt auch einer, der nichts weiß.«

Er lehnte sich bequem im Sessel zurück und betrachtete mich genüsslich. Wie ein geübter Redner machte er eine lange Pause, bevor er seine Trumpfkarte zog:

»Bei der Psoriasis handelt es sich um einen

verfehlten Ausgang, um eine Ausscheidung von Giftstoffen aus dem Körper durch die Haut und nicht durch den Darm. Die Giftstoffe entzünden dann die Haut an ihrer Oberfläche. Eigentlich sollten dafür nicht Dermatologen zuständig sein, sondern Internisten.«

Er offenbarte seine Entdeckung mit Pathos und sah dabei aus wie ein verkannter Prophet auf dem heiligen Berg. Ich war seine einzige und dazu noch ungläubige Zuhörerin. Es fröstelte mich. Die Hausmauern ließen die heiße Sonne nicht herein und ich bekam den Eindruck, alles Aufregende spiele sich außerhalb dieser Mauern ab.

Auch du hattest eine leidenschaftliche Sehnsucht nach Erklärungsmustern und ausgeklügelten Theorien. Zuweilen dachte ich, es wäre bloß ein intellektuelles Spiel, aber es war der Motor, der dich bewegte. Am schlimmsten war für mich deine Theorie der Stimmungsschwankungen. Du kamst zu dem Schluss, dass sich Psoriatiker von starken Gefühlen mitreißen ließen und dass sich in der Psoriasis die für die Seele unerträglich gewordenen Ausbrüche materialisierten. Wie Giftstoffe.

»Die Seele schiebt die Verantwortung auf die Haut ab. Jede Flechte ist ein hinausgeworfenes Gefühl.«

Kaum trocknete der kleine Spermiensee aus und spannte sich über meinen Schenkel wie eine dünne Eisschicht, schon warst du damit beschäftigt, die Folgen der Erregung auf deiner Haut aufzuspüren. Keinen anderen Ort auf der Erde kanntest du so gut wie deine eigene Haut und doch irrtest du dich ständig. Du zeigtest mir imaginäre Flecken, die du für Vorboten des nächsten Schubes hieltest. Und während du deine ganze Energie auf eine Körperstelle richtetest, tauchte die Psoriasis höhnend an anderen Ufern auf. Wenn die Prognosen tatsächlich eintrafen, triumphierte dein Geist über die Materie. Im Siegesrausch entblößtest du vor mir rötliche, juckende Pickel, die sich an angekündigten Stellen und zum erwarteten Zeitpunkt zu Krusten verdichteten. Allen Ernstes meintest du, es sei für mich eine Auszeichnung, Assistentin in deinem

Forschungslabor zu sein. Du wolltest nicht wahrhaben, dass mich dein allgegenwärtiger wissenschaftlicher Blick quälte und erniedrigte. Besessen von der Idee, durch systematische Kleinstarbeit der Psoriasis auf die Schliche zu kommen, fertigtest du eine Gefühlstabelle an und übergabst mir feierlich eine rosarote Spezialakte für tägliche Eintragungen von Liebesempfindungen. Wie erstaunt warst du, als ich dir mit meinen neuen Stiefeln gegen das Knie trat und dir kündigte, indem ich die Akte zerriss. Danach forschtest du schweigsam und alleine weiter.

»Ich habe einen genauen Diätplan ausgearbeitet. Interessiert Sie das?«

Der Alte wartete seit Jahrzehnten auf diesen Augenblick. Ich nickte eifrig, überzeugt davon, es mit einem Wahnsinnigen zu tun zu haben.

»Also, Ausscheidung ist die Hauptsache. Dazu braucht man eine radikale Änderung der Ernährung. Rohkost ist die Grundnahrung. Zucker, Alkohol, Kaffee, Salz, Pfeffer – das ist alles verboten.«

Er erhöhte gebieterisch die Stimme und ich duckte mich ein wenig.

»Psoriasis wird durch Kunstdünger gefördert. Ja, wir sind die Opfer von Kunstdünger. Deshalb beziehe ich alles aus meinem eigenen Garten. Mit biologisch-dynamischen Lebensmitteln können Sie sich ruhig vollfressen, es geschieht Ihnen nichts. Aber«, er winkte enttäuscht ab, »dazu braucht man Disziplin. Die Psoriasis zu bekämpfen ist eine Disziplinsache.«

Er schwieg wieder, um die Wirkung seines letzten Satzes zu erhöhen und die Krönung vorzubereiten. Dann neigte er sich über den Tisch dicht zu mir herüber – ich hielt den Atem an – und im Flüsterton hauchte er mir schnell ins Gesicht:

»Ich bringe mich dreimal täglich zur Ausscheidung. Ich habe da so meine harmlosen Mittelchen.«

Ich zuckte zusammen, wollte aufstehen und gehen, aber mein Pflichtgefühl drückte mich in den Stuhl. Er merkte es, lehnte sich wieder zurück und wurde sachlich:

»All die Giftstoffe, die wir täglich zu uns nehmen, müssen ja irgendwo heraus. Der Kampf muss innen geführt werden.«

Auf einmal wurde er traurig und sagte schlicht:

»Psoriasis ist etwas Schreckliches.«

Tage, Jahre, Jahrzehnte waren in diesen Worten komprimiert, unheimlich zusammengepresst.

Außer deinen Blicken, mit denen du meinen Körper vom Kopf bis zu den Zehen elektrisiertest, gefiel mir an dir kaum etwas. Deine Lippen waren zu groß und die Finger kurz und dick. Ich lernte aber ihre Weichheit schätzen und wenn ich mir eine Heimat wünschte, sollte sie so sein. Du wirktest gedrungen und machtest einen besorgten Buckel. Dein Hintern schien mir in der Hose uninteressant, aber nackt war er fein und mädchenhaft; das war eine angenehme Überraschung. Du selbst warst auf deinen Hintern stolz, von dessen unaufdringlicher Form du halben Ernstes Charaktereigenschaften wie Edelmut abzuleiten wagtest. Es war die größte Erniedrigung für dich, wenn der Schub sich auch dorthin ausbreitete. Auch ich war dann in meinem Schönheitssinn, den ich für ein Menschenrecht halte, brutal verletzt und wenn ich mich jetzt dazu bekenne, dass ich die Psoriasis hasse und verdamme, dann deshalb, weil sie uns auch diesen letzten Zufluchtsort nahm.

Dabei war unser stärkstes Band nicht der Körper, es waren die Worte, mit denen wir uns wie mit tausend Fangarmen und Fühlern unaufhörlich umarmten. Auch wenn wir ausnahmsweise schwiegen, sprachen wir zueinander und ich wollte mit diesen streichelnden Gesprächen nie mehr aufhören. Wir saßen uns in großer Entfernung gegenüber. Zunächst schwammen die Worte gemächlich, dann vibrierten sie, hin und her gerissen, wie zwischen zwei Magneten, und es war stets ich, die die Spannung nicht aushielt und auf Nähe ging. Du nahmst mich vorsichtig in deine Arme und ich weiß, du dachtest dann: »Weniger wäre mehr.«

Ich schaute auf das Tonband, es drehte sich und das rote Lämpchen flackerte. Bei der letzten Studie hatte sich das Band zwei Mal verheddert, ohne dass ich es merkte. Ich musste dann für ein Ausfallhonorar kämpfen und es war beschämend, dem prüfenden Blick der Buchhalterin standhalten zu müssen. Seitdem bin ich in Panik, das Gerät könnte wieder versagen.

»Manchmal schwirrt die Psoriasis im ganzen Körper herum. Kaum habe ich sie unten vertrieben, schon kommt sie oben wieder heraus. Das hat mich lange Zeit deprimiert, zuweilen dachte ich an Selbstmord, aber dann habe ich die Sache selbst in die Hand genommen.«

Der Alte sprach jetzt ruhig, fast heiter. Mir fiel auf, dass sein Gesicht faltenlos war.

»Um die Psoriasis zu überwinden, braucht man Intelligenz und Willen. Ja, Intelligenz gepaart mit dem Willen, das ist die Waffe.«

Das gefiel mir. Ich richtete mich auf dem Stuhl auf und wirkte nun erwachsener.

Die Stimmungskurven auf deinen Diagrammen zeigten nach einigen Wochen an, dass sie tatsächlich in einem direkten Zusammenhang zu den Schüben standen. Einige Regelmäßigkeiten waren verblüffend. Du ordnetest die Gefühle nach ihrer Art und Intensität an und brachtest sie in Korrelation mit Hautstellen, die du in achtundzwanzig Bezirke eingeteilt hattest. So zahlten gewöhnlich die Ohren für eine mittelstarke Freude. Innerhalb weniger Stunden fingen sie an sich zu schälen. Eine starke Wut war dagegen unmöglich zu lokalisieren. Sie erfasste dich ganz und drang durch beliebige Hautstellen hinaus, die gerade nicht widerstandsfähig genug waren. Dein Hang zum Leiden, die Erhabenheit beim seelischen Schmerz, die ich an dir so liebte, verkrustete sich banalerweise über dem Herzen und auch an den Händen. Die Schuppen waren von dort am schwersten wegzubekommen.

Ich weiß nicht, ob du dir dessen bewusst warst, dass deine Abkehr von den Menschen damals anfing, als du beschlossen hattest, gegen alle Regungen abzustumpfen, dich zu »minimalisieren«, wie du es in deinem Fachjargon nanntest. Da du dich mir in jener Zeit verweigertest, erdachte ich mir phantasievolle Eroberungstaktiken, denen du nur mit Mühe widerstehen konntest. Nie zuvor war ich eine so einfühlsame Geliebte und du nanntest mich ein Genie. Zunächst schien dein Plan aufzugehen: Die Psoriasis war vollkommen verwirrt. Sie konnte durch ihre bewährten Gefühlskanäle nicht mehr hinaus. Sie saß in dir und sann über neue Wege nach.

»Das, was Sie jetzt hier sehen, das ist nichts. Sie müssten kommen, wenn ich so richtig mittendrin bin.«

Der Alte hatte schon die ersten Knöpfe an seinem Hemd aufgemacht, da klopfte es an der Tür. Eine kleine alte Frau kam herein. Mein Gesprächspartner knöpfte hastig sein Hemd zu und sagte unwirsch:

»Du störst uns.«

Sie lachte spöttisch, gekränkt.

»Sehen Sie, das sind Psoriatiker. Alles muss nach ihrem Plan laufen. Sonst regen sie sich auf.«

Sie neigte sich zu mir und sagte mir leise ins Ohr:

»Er ist mit der Psoriasis verheiratet.«

Vor mir sah ich eine großgewachsene, weiße Braut, das Gesicht verhüllt. Sie war hart wie eine Säule und stand unverrückbar zwischen den Eheleuten.

Auch du warst mit ihr liiert. Für immer, so schien es mir. Zuerst wollte ich sie vertreiben, ich dachte, du wolltest es auch. Aber du warst schon so an sie gewöhnt, dein Alltag war minutiös auf sie abgestimmt, deine Gedanken waren dermaßen an ihr geschult, dass ich nicht weiß, was du ohne sie angefangen hättest. Die Zärtlichkeit, mit der du sie behandeltest, lehrte mich hassen. Meine Einsamkeit werde ich ihr nie verzeihen. Ich wünsche mir manchmal, ihr in reiner Form zu begegnen, um mich blindwütig an ihr zu vergreifen.

Als der Winter kam, waren wir beide im Hass auf sie vereint. Sie hatte uns diesmal deinen ganzen Körper gestohlen. Wie Kinder stampften und schrieen wir vor Ohnmacht. Da schlich sich bei mir der Gedanke ein, dass du verflucht wärst, dass es die Verdammnis tatsächlich gibt. Und ich lockerte die Fäden, mit denen ich an dir hing.

Von da an betrachtete ich dich mit einer distanzierten Verwunderung. Das war angenehmer als die Symbiose zuvor und doch bedauerte ich, dass ich nicht mehr vor Angst umgekrempelt werden konnte, wenn ich mir deinen Tod ausmalte. Früher hatte ich es geliebt, dich von weitem in der Menschenmenge auf der Straße ausfindig zu machen und zu denken, dass von diesem Pünktchen dort mein Leben abhinge. Es hatte mich geschaudert, dass der Punkt sich plötzlich hätte auflösen können und ich dann nicht gewusst hätte, wohin ich blicken sollte.

Wir waren wieder allein. Ich hörte das beruhigende Geräusch des sich drehenden Bandes im Kassettenrekorder. Mein Gesprächspartner war doch kein Gefühlsmensch, wofür ich ihn seiner Jovialität wegen gehalten hatte. Seine impulsive Art galt nur mir, das heißt, meinem Interesse an der Psoriasis. Die Psoriatiker, das habe ich durch die Studie begriffen, öffnen sich bereitwillig denjenigen, die ihre Krankheit vorbehaltlos annehmen, wie Hundebesitzer, die auftauen, wenn man ihre Hunde streichelt.

»Ja, ich bin eine starke Natur. Die Psoriasis hat mich manches gelehrt. Sie hat mich gestählt. Ich lasse mich nicht mehr kleinkriegen. Das verdanke ich ihr.«

Seine Stimme knickte vor Rührung ein, als würde ein Sohn von der strengen Mutter erzählen, die die anderen Kinder zugrunde gerichtet, doch ihn, der die Strenge zu nutzen wusste, zur Tüchtigkeit erzogen hatte. Ich sah erst jetzt, dass er die Körperhaltung eines Asketen hatte.

»Regelmäßigkeit ist enorm wichtig. Jeden Morgen schrubbe ich mich mit einer Bürste ganz ab und salbe mich ein. Dann fühle ich mich wie Gott auf Erden. In meinem ganzen Psoriatikerleben habe ich diese Prozedur nur zwei Mal ausgelassen.«

Der Mann war von seinem Durchhaltevermögen sichtbar beeindruckt. Und auch ich musste seinem alltäglichen Kampf eine Heroik zugestehen, doch auf einmal fühlte ich mich lustlos. Er hatte sein Leben vor mir geglättet, es war überschaubar. Ich stand auf einer leergefegten Ebene, die nichts mehr verbarg. Ich hasse Ordnung, weil sie das Geheimnis wegwischt, als bräuchte es niemand. Mir wurde klar, warum die Psoriasis seine beiden Ellbogen und Knie symmetrisch auf den Millimeter genau befiel. Er selbst war von der Symmetrie beeindruckt und achtete die Psoriasis für ihre Genauigkeit und Unnachgiebigkeit. Sie war ganz und gar eine würdige Partnerin.

Unter meiner plötzlichen Trägheit regte sich nun der Gedanke, dass dieser Mensch genau das hat, was er verdient. Hat sich die Psoriasis ihm angeglichen oder er sich ihr? Oder haben sie sich gegenseitig beeinflusst wie alte Eheleute? Die Psoriasis kam mir wie ein passendes Hautkleid vor, das man so eng trägt, bis es vom Träger nicht mehr zu unterscheiden ist. Die Idee von einem Schicksal verwarf ich. Ich neige zu der Ansicht, dass es keine absoluten Gesetze gibt, nur Zufall und Unrecht. Wieso sollte eine tückische Krankheit einen höheren Sinn haben? Meine Chefin wollte Beweise dafür, dass die Psoriatiker eine psychische Prädisposition zu ihren Flechten aufwiesen. Sie glaubte, dass es solche Prädispositionen gibt, und ich sollte herausfinden, wie sie geartet sind.

Er stand auf.

»Sie essen doch mit uns zu Mittag, nicht wahr?«

Im benachbarten Restaurant war für uns gedeckt. Während der Mann vorausging, beeilte sich die Frau, ihren Groll loszuwerden:

»Lassen Sie sich von seiner Gelassenheit nicht täuschen. Er ist der labilste Mensch, den ich kenne. Das ist die Psoriasis, das können Sie mir glauben.«

Sie seufzte.

Der Alte kam in Schwung. Er goss uns Rotwein ein:

»Ein Hoch auf die Psoriatiker!«

Das kam für mich unerwartet. Ich nahm es als Prüfung meiner Toleranz und hob schweigend das Glas.

»Nein, ich trinke nur auf die Gesunden«, sagte die Frau entschlossen und trank ihr Glas schnell aus. In ihrer Geste entluden sich mächtige Kräfte, die in der fünfzigjährigen Ehe unter Verschluss gehalten worden waren. Der Mann lachte wohlwollend und doch bat mich sein Blick um Unterstützung, als er sich mit den Worten an mich wandte:

»Psoriasis ist keine Krankheit.«

Die Kassette war beidseitig bespielt, ich steckte sie behutsam in die Tasche und hatte das angenehme Gefühl, etwas Wertvolles zu besitzen. Wir verabschiedeten uns auf der Straße. Sie gingen den Berg hinauf, ich schaute ihnen nach. Hilflos und gebrechlich wirkten sie und ich bedauerte, dass man mir die Überheblichkeit ansah.

2

Die Straßenbahn brachte mich in einen staubigen Industrievorort. Ich ging die Hauptstraße entlang und bemühte mich möglichst wenige Autoabgase einzuatmen. Mir war schlecht. Ich klingelte im Treppenhaus eines mehrstöckigen alten Hauses und sog unfreiwillig die aufdringlichen Küchengerüche ein. Eine rundliche Frau kam heraus und schaute mich misstrauisch an. Ist es das Misstrauen der Proletarierin oder der Psoriatikerin, überlegte ich. Die Kränkung ist hier die tägliche Mahlzeit, mit Süße und Naivität würde ich bei ihr nicht durchkommen. Ich würde mir ihre Zuneigung anders erringen müssen. Ich war bereit dazu und wurde klar und kühl im Kopf.

Du hieltest dich für introvertiert, nanntest dich einen Beobachter, einen zurückhaltenden

Menschen, der sich nicht in den Vordergrund drängt.

Im Psychologielehrbuch fand ich den passenden Begriff dafür: Sozialphobiker.

»Ich fürchte mich nicht vor den anderen, diese Idioten interessieren mich nicht. Das ist alles.«

Und schon hattest du dir für den täglichen Kampf eine Rüstung angelegt – deine Arroganz. Es gelang dir, Mitmenschen auf Distanz zu halten. Du sprachst schnell und sachlich, den Kopf zur Seite geneigt. Ab und zu schautest du dein Gegenüber grimmig unter den dichten Augenbrauen hervor an. Man mochte dich nicht und ließ dich in Ruhe. Das bereitete dir eine kindliche Genugtuung. Eine Mundbewegung, die aussah, als könnte daraus eine Frage werden, betrachtetest du schon als Unverschämtheit. Die Öffentlichkeit war für dich ein Schlachtfeld.

»Ich muss mich freischießen«.

Blicke, die eine Sekunde zu lange auf dir ruhten, gaben dir Stoff für abenteuerliche Schlussfolgerungen.

»Hast du seine Grimasse bemerkt? Jetzt geht er. Er fürchtet sich. Das ist ganz natürlich. Ein Instinkt. Vor Pestbefallenen flüchtet man. In allen Kulturen.«

Ich sah bloß einen gut genährten Bürger, der sein Bier bezahlte, rülpste und schwerfällig davonging. Ich lachte, aber in solchen Augenblicken verdächtigte ich dich des Wahnsinns. Du lachtest schon lange nicht mehr. Deine Einsamkeit bekam eine Farbenfülle und Intensität, als hättest du synthetische Drogen konsumiert. Aber Entrückungszustände schufst du dir selbst.

Auf Ekel warst du stets gefasst. Du erwartetest nichts anderes. Manchmal zuckte wirklich der eine oder andere zusammen und wandte sich ab. Zuweilen schlug ich mich auf dessen Seite, ich verriet dich dann und du erschienst mir erbärmlich. Du bestraftest mich dafür mit einer Feindseligkeit, in die du deine ganze Menschenverachtung legtest. Wenn du dich überhaupt jemandem anvertrautest, dann mir, doch mit Maß, denn meinem Verstand fehlte der psoriatische Schliff.

»Ich kann mit dir das Wichtigste nicht teilen. Du bist keine Psoriatikerin und wirst auch nie eine werden.«

Ich bemühte mich, dir näher zu kommen. Die besondere Würde der Verletzten übertrug sich auch auf mich. Obwohl ich gern Passanten anspreche, mit Verkäuferinnen plaudere, fing ich an, mich mit dir in die Zweisamkeit zurückzuziehen. Die Menschen wurden für mich gefährlich, sie konnten dich jederzeit verstoßen und uns die Liebe rauben.

Wenn die Flechten deine Finger befielen, wurdest du anhänglich. Ich war dann zuständig für die Außenwelt. Du wagtest weder in den Läden noch in den Restaurants zu zahlen, verstecktest deine Hände in den Jackentaschen und gingst am liebsten nur abends hinaus. Ich warf dir Feigheit vor, doch im Grunde war ich der ganzen Sache schon überdrüssig. Deine zwei Versuche des Exhibitionismus waren mir auch nicht recht. Du zogst ein kurzärmeliges Hemd an und tratest in der Morgensonne auf die Straße hinaus, beeindruckt vom eigenen Mut. Nach ein paar Schritten begriffst du, dass du kein Held warst, und doch wiederholtest du die Vorstellung noch einmal am nächsten Tag. Damit widerlegtest du deine Theorie, wir könnten uns aus der Fremdbestimmung lösen.

Wir setzten uns. In dem engen Wohnzimmer standen in allen Ecken künstliche Pflanzen. Ich wollte nichts anfassen und schlang die Arme um die Knie. Stockend fing sie an zu erzählen.

»Ich weiß es noch genau wie heute. Ich war sechzehn Jahre alt, stand mit meinem Fahrrad vor der Schule und da kam dieser Bursche. Ich hatte damals noch nichts mit Männern gehabt. Ich stand da im Minirock, er schaute sich meine nackten Beine an und fragte: Bist du geschlechtskrank? Da fuhr ich nach Hause und habe nur noch gebrüllt. Seitdem verstecke ich es.«

Ihre schlichten Worte berührten mich und ich hätte ihr gerne gesagt, dass ich sie verstünde oder dass das Leben eben schwer wäre. Die leitende Psychologin hatte mir geraten, bei heiklen Stellen wortlos zu nicken. Doch ich hatte vergessen zu nicken und rührte mich nicht.

Immer häufiger sagtest du »Wir Psoriatiker«. Das war ein Stilbruch und als solcher belustigte er mich, bis er bald zu einer festen Redewendung von dir wurde. Zum ersten Vortrag im städtischen Psoriasisverein kam ich noch mit. Es gefiel mir, dass du wie ein düsterer Revolutionär auftratst. Ich gestattete mir diesen Mädchentraum und hörte nicht zu, schaute dich nur an und stellte mir vor, du verkündetest gerade einen Umsturz, und ich hörte schon Schüsse auf den Barrikaden. Während der Rede rötete sich dein Hals und ich dachte, das käme von der Revolution, und auf dem Heimweg saugte ich an der Revolution herum. Später hielt ich es für ein Zeichen von Schwäche, dass du nur noch in der Mehrzahl sprachst. Jetzt weiß ich, du warst erschöpft und hofftest, dich mit Hilfe einer ganzen Armee von Deinesgleichen zu retten.

»Als ich einmal ganz voll an den Händen war, fragte mich einer, ob ich Räude hätte. Verstehen Sie? Räude, so ein Wort! So böse können die Menschen sein. Die Taktlosen sterben wohl nie aus. Aber der ist dann doch gleich gestorben. Da habe ich gedacht: Jetzt hast du deine Strafe bekommen. Was macht bloß die Forschung, dass man noch kein Mittel dagegen gefunden hat? Für alles haben sie Geld, nur für uns nicht. Würden die Chefs der Pharmaindustrie Psoriasis haben, sähe die Welt anders aus, keine Flechte gäbe es weit und breit, das können Sie mir glauben. In die Dermatologie, da bringt mich keiner mehr hin, wozu auch, es kommt ja sowieso wieder. Jetzt bin ich alleine. Seit mein Mann tot ist, ist es nie mehr richtig weggegangen. Meinem Mann habe ich schon am ersten Tag gesagt: Du hast es mit der Lunge, ich habe das – wir sind quitt. So ist das.«

Sie saß da, in einer schwarzen Hose, die langärmelige karierte Polyesterbluse zugeknöpft. Ich wollte ihr beweisen, dass ich keinen Ekel hatte, wollte sie besänftigen, ihr die Verbitterung nehmen, sie wegwerfen und erleichtert davongehen. Ich gehe durch die Welt wie ein Sommergast in einem duftigen Baumwollkleidchen und möchte von allen geliebt werden. Ich neigte mich zu ihr und berührte ihren Handrücken. Die Haut war rau und trocken.

Unseren Streit, wer wen verführt hatte – du mich oder ich dich –, kultivierten wir zu einer Art Erinnerungsspiel. Als ich vor unserem ersten nächtlichen Spaziergang meine Strümpfe anziehen wollte und mich vor der Tür umdrehte, als hätte ich deine Gedanken erraten, sagte ich:

»Sie denken: Gleich wird sie die Strümpfe doch wieder ausziehen. Aber Sie irren sich.«

Ich war überzeugt, ich würde Recht behalten.

Auf dem menschenleeren Kai küsstest du mich unerwartet mitten im Gespräch auf die Lippen, als hättest du dich auf deine männliche Rolle besonnen, doch gleich darauf entschuldigtest du dich scherzhaft:

»Ich musste es tun.«

Ich bemerkte schon damals einen ungewöhnlichen Schlitz an deinen Ohrläppchen. Dieses Detail berührte mich insgeheim, aber ich spot-

tete, du hättest atavistische Merkmale, stamm-
test statt von Hominiden von Urechsen ab.

Schon als wir am Telefon den Interview-
termin vereinbarten, gefiel mir deine Art,
leise und schnell zu sprechen und alles hu-
morvoll in Zweifel zu ziehen. Entschlossene,
laute Stimmen gehören kantigen Männern
in Trainingsanzügen, die abends mit ihren
Hunden spazieren gehen. Mein Mann wirft
mir vor, ich hätte keinen Sinn für das Männliche. Er hat Recht, aber ich will diesen Sinn
gar nicht entwickeln.

Welche Erlösung, dass die Verführung nicht
die übliche Ernsthaftigkeit hatte. Du entkleide-
test mich mit der Eleganz eines Unbeteiligten,
mit einer Sanftheit, als wärst du zufällig in eine
dir unbekannte Lage geraten. Dir fehlte jegliche
Heftigkeit, dein Rhythmus war langsam und be-
ständig und gerade das eröffnete mir die Ewigkeit.
Deine Brust war gewölbt und weich wie die eines dreizehnjährigen Mädchens. Wallungen von
Gier waren bei dir selten und kostbar und du
warst selbst von ihnen überrascht.

»Bin ich wirklich ein Mann?«

»Ja, ja!«, rief ich begeistert.

Wir lachten in der glücklichen Gewissheit, dass wir wie zwei Hermaphroditen waren, die sich an ihren abwechselnden Rollen berauschten.

Einmal, als ich mich heftig an dich warf und dich schweigend nahm, weintest du. Ich wollte dir einreden, dass das nicht so schlimm sei, doch du wolltest es wissen:

»Machen es die Männer wirklich so?«

Ich zögerte.

»Ja, wahrscheinlich.«

Ich küsste und biss die Krusten an deinen beiden Schultern wie am ersten Abend, als ich sie entdeckte und hinnahm.

Die Frau entspannte sich und sprach nun flüssiger.

»Einmal sah ich im Schwimmbad eine junge Frau. Die war aber voll, wirklich voll, noch rot. Und niemand nahm Anstoß daran. Ich habe sie bewundert. Nein, dachte ich, das würde ich nie machen. Ich hätte gerne mit ihr gesprochen, traute mich aber nicht wegen der anderen. Bist eine Arme, dachte ich und konnte die Augen nicht von ihr abwenden.«

Sie riss sich mühsam aus ihrer Erinnerung.

»Ich muss wieder an die Sonne. Die Nachbarn denken sicher, die hat wohl nichts anderes zu tun, als sich ständig zu sonnen. Wenn die wüssten!«

Ich trank den allzu süßen Orangensaft aus und löste mich vom klebenden Ledersessel. Es war heiß. Beim Abschied nannte ich den Namen eines chemischen Präparates, das gerade auf den Markt gekommen war. Wie eine Erstklässlerin schrieb sie es auf. Ihr dankbares, hoffnungsvolles Lächeln beschämte mich. Ich glaubte nicht so recht an mein Geschenk.

Als ich die Treppen hinunterging, hatte ich das Gefühl, ein geheimes Versteck verlassen zu haben. Diese Frau trug die Flechten an ihrem Körper wie eine Verbrecherin ihre Tat – in dauernder Angst, entdeckt zu werden, und in der Sehnsucht danach. Mir wurde erst jetzt bewusst, dass ich ein ärmelloses Kleid mit einem tiefen Ausschnitt angezogen hatte, wie eine Unschuldige.

Deine Eifersucht äußerte sich in verbissenem Schweigen. Du nanntest es Verrat, wenn ich mich anderswo als in deiner elitären Einsamkeit auf Nähe einließ.

»Nähe ist etwas Seltenes«, versuchtest du mir beizubringen, »bewahre sie nur für uns auf.«

Hätte ich das getan, hätte ich mich verleugnen müssen. Es zog mich in alle Richtungen, nicht nur zu den Menschen, ich hatte ein Intimverhältnis mit dem Wind, gab mich ihm überall hin. Aber du wolltest meine Sonne sein.

Dass du vor allem auf Psoriatiker eifersüchtig warst, wundert mich kaum. Meine Abgeklärtheit der Psoriasis gegenüber wirkte auf sie wie eine offene Tür. Du fürchtetest die besondere psoriatische Dankbarkeit, die schnell in Zuneigung übergeht. Einmal beherbergte ich einen Psoriasis-Aktivisten bei mir, der mir nach langer Diskussion um vier Uhr morgens gestand:

»Ich merke erst jetzt, dass ich seit Jahren mit keinem Menschen gesprochen habe.«

Du empörtest dich maßlos über diese Frechheit und nachdem du dich beruhigt hattest, fragtest du allen Ernstes:

»Hast du seine Flechten berührt?«

Ich lachte bloß.

Du misstrautest mir und natürlich tatest du recht daran. Für den Vorfall im Nachtclub entzogst du mir zwei Monate lang deine Nähe. Du sagtest, ich hätte das Vertrauen zwischen uns zerschlagen. Als du dich weigertest zu tanzen, weil dir bei heftigen Bewegungen weiße Schuppen vom Kopf fielen und im Scheinwerferlicht wie Schneeflocken herumwirbelten, stand ich auf. Einen Tisch weiter saßen zwei schwarze Männer und eine weiße Frau. Der eine war groß und schlank, seine langen Beine zuckten ungeduldig. Im Halbdunkel sah ich sein feines Profil, die gerade Nase, die dichten Wimpern und seinen leicht vorgestülpten Mund. Mein Blick glitt tiefer und hielt bei seinem fast unmerklichen Bauchansatz an. Diese kleine Unvollkommenheit reizte mich besonders. Er fuhr sich mit der rechten Hand langsam über die Brust und betrachtete die

Tanzenden. Als du meine Erregung spürtest, gingst du hinaus. Ich konnte kaum fassen, was ich da vorhatte. Jeder Schritt auf meinem Weg zur Freiheit war ein Abgrund. Ich setzte mich dem Mann gegenüber:

»Tanzen Sie?«

Er fragte auf Französisch, was ich wollte, und als er es begriff, machte er eine Handbewegung, als würde er salutieren, warf den Kopf nach hinten wie ein ungeduldiges Pferd und erhob sich. Auf der Tanzfläche lächelte ich ihn Hilfe suchend an, aber das Lächeln gefror mir auf den Lippen. Er riss mir mit den Augen die Kleider herunter und bohrte sich unter meine Haut. Ich begann zu schwitzen. Sein Becken machte beschwörende Kreise, er streckte die Hände aus, als würde er meine Hüften halten wollen, dann ballte er sie zu Fäusten. Plötzlich lief er selbstvergessen mit angewinkelten Armen und leicht gebeugten Knien hin und her, stampfte auf, hielt inne und bot mir wieder seine Hüften an. Langsam umkreiste ich ihn mit gesenktem Blick, nur ab und zu wagte ich, ihn von der Seite anzublicken. Seine Augen waren weit aufgerissen und auf meinen Bauch gerichtet. Ich entglitt sanft mit dem Becken, er setzte mir nach. Als sich einmal zufällig unsere Hände berührten, wich ich zurück. Unsere Absicht war Millionen Jahre alt. Die Distanz musste gewahrt bleiben. Sie war das Nächste, was wir hatten.

In der Pause zerschnitten Worte die Zauberblase, sie verdunstete und wir waren uns fremd. Plötzlich wurde ich müde.

»Ich muss jetzt gehen.«

Er nahm meine Hand, legte sie auf seine langen Finger und betrachtete das unterschiedliche Schimmern der Haut.

»Sehen Sie?«

Glücklich rannte ich zu dir und fand dich wach und angezogen auf dem Bett liegend. Mit den Armen unter dem Kopf starrtest du an die Decke und als ich dir übermütig alles bis ins Detail schilderte, beherrschtest du deine Wut und flüstertest mit letzter Kraft:

»Erzähl mir nichts, erzähl mir bloß nichts.«

Du hattest die Augen geschlossen, suchtest nach meiner Hand und sagtest langsam, indem du jedes Wort einzeln aus dir hinaus stießest:

»Der Tanz ist etwas äußerst Intimes. Ich hasse dich.«

Dein Hass war mir vertraut. Ich liebte ihn wegen seiner verhaltenen Kraft. Immer öfter batest du mich unvermittelt:

»Wir müssen uns gegenseitig schonen.«

Dabei dachtest du natürlich nur an dich.

Etwas habe ich dir verheimlicht: Am nächsten Abend habe ich den Mann wieder getroffen, das heißt, ich habe ihn gesucht. Du weißt ja, wie zielstrebig ich bin.

Der Akt mit ihm war grausam unpersönlich. Er war sehr professionell, als wäre er in einer langen Schulung für die Frauen abgerichtet worden, ein körperlicher Technokrat, aber gerade hinter seiner kühlen Routine eröffnete sich mir die Transzendenz. Sein Dienen war gebieterisch. Er war kaum zärtlich oder freundlich. Gewissenhaft vollzog er das Ritual. Zwischendurch fragte er höflich: »Ist es gut so?« Ich brauchte ihm nicht zu antworten. Bei allem, was er tat, konnte ich mich auf seinen Stolz verlassen. An seiner Fremdheit schliff ich mich ab. Meine Mädchenhaftigkeit, mit der ich dich wie mit einem warmen Schal einwickelte, musste ich bei ihm ablegen. Es war höchste Zeit. Bei ihm lernte ich zu schweigen. Stell dir vor, es fiel mir nicht einmal schwer. Und noch etwas: Ich liebte seine Haut.

3

Auf der Straße fühlte ich mich verloren. Ich winkte einem Taxi, das mich vor einem Neubau mit Glasfassade absetzte. Mein nächster Psoriatiker war der Leiter eines großen Unternehmens. Am Telefon war er kurz angebunden und gereizt gewesen. Ich betrachtete mich im Spiegel in der Eingangshalle und beruhigte mich. Ich sah attraktiv aus. Wenn ich Anwandlungen von Minderwertigkeitskomplexen habe, rette ich mich in die Weiblichkeit.

Ein dynamisch wirkender Mann Mitte Vierzig kam ungezwungen auf mich zu. Sein gekonntes Geschäftslächeln nahm ich reserviert, aber doch erleichtert entgegen. Er führte mich in den achten Stock in ein kleines Büro:

»Hier sind wir ungestört.«

Er stand unter Zeitdruck und kam sofort zum Thema:

»Also, ich habe sehr starke Psoriasis. Als mein Vater vor sechs Jahren starb, habe ich sie sozusagen als Erbschaft von ihm übernommen. Es ist unsere Familienkrankheit. Merkwürdigerweise reden wir nie darüber. Wenn ich mit meinem Onkel und seinen Söhnen am Tisch sitze, dann wissen wir, dass jeder von uns Psoriasis hat, obwohl es keiner jemals erwähnt hat. Das ist doch seltsam, nicht wahr? Aber Sie wollen sicher wissen, wie unglücklich ich bin. Da sind Sie an der falschen Adresse. Ich fühle mich phantastisch. Die Psoriasis stört mich gar nicht.«

Ich besann mich darauf, dass mir die leitende Psychologin ans Herz gelegt hatte, mich nach der Intimsphäre zu erkundigen. Meine Frage war hart, sie kam unvorbereitet. Der Mann war überrascht, fasste sich aber gleich:

»Gut, wenn Sie schon danach fragen – ich bin seit ein paar Jahren geschieden. Wenn ich mit einer Frau aufs Zimmer gehe, lösche ich das Licht. Das Tageslicht ertrage ich nicht.

Wenn sie fragt: Was ist das, ist das ansteckend?, sage ich: Nein. Das hat mir noch nie Probleme bereitet. Bei manchen Frauen hat es nicht geklappt. Ich kann aber nicht beweisen, dass es wegen der Psoriasis war. Manchmal geht es, manchmal nicht ... So ist das Leben.«

Die Welt teiltest du in Psoriatiker und Nicht-Psoriatiker ein. Die Nicht-Psoriatiker stellten für dich eine bedrohliche, unsensible Masse dar. Es gab noch die Unterkategorie der wissenden Nicht-Psoriatiker, zu denen auch ich gehörte. Aber du sprachst mir nie die hohen geistigen und seelischen Qualitäten zu, die dich und deine Leidensgenossen auszeichneten.

»Nur Psoriatiker können wirklich empfindsam sein, das heißt, in höherem Maße intelligent. Schau, die Haut hat dieselbe Beschaffenheit wie das Gehirn und das Nervensystem. Die Haut spiegelt den Geist und die Seele. Das Besondere an der psoriatischen Haut ist, dass sie sich sechs Mal schneller erneuert als normale Haut.«

Deine Reden hatten einen logischen Zauber. Du gingst beim Sprechen auf und ab und mir gefielen dein langsamer, entspannter Gang und die zurückhaltende Leidenschaft.

»Die Psoriatiker fühlen auch sechs Mal mehr, denn sie sind gezwungen, sich ständig zu häuten. Sie häuten sich abertausend Mal, haben abertausend Seelen. So bleiben sie flexibel. Daher sind sie sehr widerstandsfähig.«

Ich lachte über deine plumpe Theorie, aber du bliebst unbeirrbar.

»Bedenke nur, mit wie vielen krebsfördernden Mitteln sie behandelt werden und wie selten sie an Krebs erkranken. Aber die psoriatische Seele stumpft nicht ab. Im Gegenteil. Sie verfeinert sich. Sie fängt mit ihren Schuppen die verborgensten Schwingungen auf.«

Du bliebst auf einmal direkt vor mir stehen:

»Wir sind mehr als nur Außenseiter und Verletzte. Wir sind Menschen mit einer außergewöhnlichen Wahrnehmungsfähigkeit.«

Ich hörte dir zu und überlegte, ob nicht du es warst, der sich die Psoriasis ausgedacht hatte, um deinem Leben einen Sinn zu geben. Als dich wieder ein starker Schub plagte, erschien mir mein Gedanke absurd und ich schämte mich.

»Ich bin ein Mensch, der das Leben positiv nimmt. Ich kenne keinen Pessimismus. Was kommen soll, kommt. Wir können unser Leben nicht selbst bestimmen.«

Der Mann mir gegenüber lachte. Mein professionelles Misstrauen sagte mir, dass er etwas nach allen Kräften überspielte. Ich kam mir wie eine Spielverderberin vor. Ohne den Samen eines Zweifels in diese heile Welt gesät zu haben, wollte ich nicht gehen, auch wenn ich mich vor meiner brutalen Wissbegier ekelte, die weder Mitleid noch Achtung kennt.

Wir schwiegen schon eine Weile und ich beobachtete, wie der Mann sich nervös kratzte. Ich verfolgte seine Hand mit den Augen.

»Ja, ich kratze mich schon wieder, obwohl es gar nicht juckt. Das ist so eine Angewohnheit. Sich zu kratzen ist unanständig. Dann sind der Stuhl und der Teppich ganz voll.«

Ich verspürte einen leisen Triumph.

»Psoriasis ist wie Krebs. Man weiß nicht, woher es kommt, und kann es nicht heilen. Aber man akzeptiert es. Ich mache keine weltpolitische Anschauung daraus. Ich arrangiere mich damit. Dieses Jahr fahre ich wieder ans Tote Meer. Das hilft, wenigstens für eine kurze Zeit. Obwohl ... es ist unangenehm, diese vielen Psoriatiker. Ich gebe zu, sie sind mir zuwider.«

Das Telefon klingelte und ich schaltete das Kassettenrekorder aus. Er begleitete mich hinaus zum Taxistand. Zum Abschied sagte er entschuldigend:

»Bei mir gibt es nichts zu holen. Da haben Sie sich umsonst bemüht. Es geht mir fabelhaft.«

Es hat sich mir verweigert, dachte ich und kroch unter sein Hemd, stellte mir den nackten Körper vor, bemalt mit schuppenartigen Bildern. Ich wollte sie ergründen, festhalten, unter Kontrolle haben und empfand es als unfair von ihm, sie mir vorzuenthalten. Zudem wurde mir unwohl bei dem Gedanken, die leitende Psychologin könnte diese Kassette zur

Probe abhören und mir dann vorwerfen, ich hätte mich gegen meinen Gesprächspartner innerlich gesperrt und ihm keine emotionale Stütze geboten. Wenn ich eine Festanstellung haben wollte, musste ich mich mehr anstrengen. Die Studie erschien mir unerträglich aufzehrend und ich kam mir unfähig vor.

Der Mann schlängelte sich rasch durch die Autos zum Eingang zurück. Ich schaute ihm nach und auf einmal achtete ich ihn dafür, dass er mir sein Geheimnis nicht anvertraut hatte. Ich bin doch eine miserable Hüterin von Geheimnissen. Der Taxifahrer wartete stumm. Ich nannte ihm die nächste Adresse, er fuhr los und mir fiel auf, dass dieser Psoriatiker und ich etwas Gemeinsames hatten. Auch ich hatte irgendwann beschlossen, nicht zu verzweifeln.

Ich sitze jetzt öfter in der Bibliothek oben auf der Galerie und blättere im Zoologielexikon, schaue mir die Farbenpracht der Reptilien an. Der Himmel hinter der Glaskuppel ist stahlgrau und ein unwirkliches Licht fällt auf die Bilder. Ich war in der letzten Zeit häufig krank und seitdem fürchte ich mich vor dem Weltuntergang. Manchmal wache ich nachts auf, taste um mich und finde die breite Hand meines Mannes. Dann weiß ich, dass alles in Ordnung ist.

Die Sprache war der zuverlässigste Gradmesser deiner Gemütslage. Wenn die Worte langsam aus deinem Bauch hinaufstiegen, sich träge losrissen und mit der Luft dumpf zusammenprallten, war das der Beginn deines wortkargen Rückzugs. Du quollst auf, als füllte dich eine trübe, schwere Flüssigkeit aus. Wenn die Haut spannte, barst und in Stückchen abfiel, bautest du um dich eine Mauer aus Schweigen, die mir nicht als Form, sondern als Gestank in Erinnerung geblieben ist. Bei der Vorstellung hebt sich mein Magen, als würde ich mich gleich übergeben. Wenn der Schub abklang, tauchten die ersten französischen Wörter auf, die ich Schneeglöckchen nannte. Schwerfällig krochst du aus der tiefsten Schicht des Germanischen herauf und betratst eine fremde Kultur. Die Wörter kamen noch feucht auf die Welt, aber

kaum hatten sie sich im Hals gebildet, flatter-
ten sie schon ausgelassen hinaus, großzügig und
leicht. Sie bezauberten mich wie geschlechtslose
Waldelfen. Dein Körper fing an, sich elegant um
die eigene Achse zu drehen, zog sich in die Länge
und das überflüssige Wasser verdunstete.

4

Das Taxi hielt vor einem Hochhaus. Ich spreizte die Finger, strich mir mit der Handfläche über den flachen Bauch, um mich zu vergewissern, dass ich leer und aufnahmebereit war. Erst das vierte Interview und schon war ich routiniert und gelassen. Ich klingelte und die Glastür öffnete sich automatisch. Im Treppenhaus stand eine junge Frau in einem langen dunklen Kleid. Von unten erschien sie mir wie ein steinernes Heldinnendenkmal. Sie winkte mir mit ihren langen Fingern und als ich näher kam, verblüffte mich ihre makellose Haut, die sich fest über ihre Wangenknochen spannte. Die harmonische Erscheinung zog mich an, ich konnte mich aber zwischen Zuneigung und Konkurrenzangst nicht entscheiden. Regelmäßigkeit in Gesichtern verwirrt mich. Ich betrachte meine asymmetrischen Gesichtshälften als Beweis dafür, dass sie eine Manifestation der Lebendigkeit schlechthin sind. Materie ist unberechenbar, sie entzieht sich einer plumpen Verdoppelung.

Die Wände des Wohnzimmers waren mit schwarz-weißen Nacktfotos der Gastgeberin in aufreizenden Posen tapeziert, was mich zu der vorschnellen Schlussfolgerung bewog, sie wäre dumm. Ich sollte mich geirrt haben. In einem Sessel saß ein Mann, der schwerfällig aufstand und eine verlegene Verbeugung machte. Er war knapp über zwanzig, doch sein Körper hatte die Häuslichkeit eines gestandenen Familienvaters.

Nun saßen mir beide gegenüber und warteten gespannt. Zum ersten Mal an diesem langen Tag gelang es mir, mich ungezwungen zu geben. Ihre jugendliche Erwartung, ich würde ihnen Wichtiges mitteilen, ermunterte mich dazu und ich war auch schon zu müde, um angespannt zu sein.

»Die Psoriasis brach bei mir im Frühling vor zwei Jahren aus. Ich hatte gerade eine neue Stelle als Lastwagenfahrer angenommen, verkrachte mich mit den Eltern und zog aus. Ich bemerkte die Schuppen zunächst am Hinterkopf, später auch an den Händen und Knien. Danach gab es einen Stillstand. Es hat mich schon beschäftigt, aber ich habe es immer wieder weggeschoben, habe in den Tag hinein gelebt.«

Er sprach langsam, im gemächlichen lokalen Dialekt.

»Ich habe Angst, es könnte am ganzen Körper ausbrechen, ich kenne so einen Fall.«

Wir schauten ihn beide mütterlich an. Ich hätte ihn gerne vor der bösen Plage beschützt, die Alpträume von seiner verschwitzen Stirn gewischt, aber die Frau war auf eine sanfte Art fordernd:

»Du tust zu wenig dagegen.«

»Aber begreif doch endlich, da kann man nichts machen, nichts ändern.«

Er sprach gereizt und sein weicher Körper, der über den Sessel hinaus quoll, zuckte, als bedrohte jemand sein Revier. Die junge Frau wandte sich verständnissuchend an mich:

»Wissen Sie, die Krankheit stört mich nicht,

ich vergesse sie oft, aber dieses Grübeln … Er sollte mehr handeln, wenn es ihn so beschäftigt.«

Sie trug Sandalen mit hohen Absätzen. Ich sah ihre festen Waden und erahnte schmale muskulöse Schenkel. Die Lippen waren voll und scharf geschnitten. Wir schauten sie beide bewundernd an.

Als du die Psoriasis mit achtzehn Jahren bekamst, integriertest du sie in dein Weltbild, in dem nur das Unglück eine Existenzberechtigung hatte. Die Einzelheiten über den Ausbruch gabst du mir nie preis. Ich weiß nur, dass es damals heiß gewesen sein muss. Mein Liebster, ich sehe dich von Schweißbächen überströmt, der Boden ist vom heißen Wind aufgewirbelt und die Sandkörnchen glitzern weiß. Es ist ein Ort weit weg von hier und du bist hart vor Angst.

»Mein Unglück ist eine Wolke, aus der ich nicht herauskomme«, wiederholtest du gern. Dir war jegliche Gesundheit suspekt. Du wittertest darin Selbsttäuschung.

»Für jedes Glück muss man zahlen« – und kaum bekamen deine Augen einen flüchtigen Glanz, schon hieltest du Ausschau nach den nächsten Schwaden.

»Wir werden nicht zahlen, wenn wir es nicht wollen«, war meine Philosophie der vom Schicksal Verwöhnten.

Am liebsten hättest du stets Trauerkleidung getragen. Es war ein zusätzliches Missgeschick, dass die Psoriasis dir dies verwehrte. Da die Schuppen auf die Schultern fielen, verzichtetest du auf dunkle Pullover und Jacken. Die erzwungene Helligkeit deiner Kleidung war mehr als ein Stilbruch.

»Ich habe Hemmungen«, sagte der Mann, »denke, die Leute könnten es bemerken. Wenn sie mich fragen, hast du dich an der Hand verbrannt, sage ich ja. Wie soll ich es ihnen erklären? Da kommen sie mit ihren gut gemeinten Ratschlägen. Du musst dies und jenes tun! Das macht mich wahnsinnig. Eine Verbrennung ist besser als das hier, von dem niemand weiß, was es ist.«

Zwischen den beiden floss ein warmer, starker Strom. Ich lehnte mich zurück, streckte die Beine aus und versuchte dahinter zu kommen, was die Frau an ihm anziehend fand. Er erinnerte mich an meinen zerknautschten Plüschbären, der mir früher im Schutz des hohen Kinderbettchens als Kissen gedient hatte.

»Wenn ein Mensch aus dem Rahmen fällt, staunen die Leute, als wäre es eine Sensation. Dann platzt mir der Kragen. Ich will normal sein. Ich gehe jetzt in den Psoriatikerclub. Jeden Donnerstag. Dort fühle ich mich wohl, muss nichts erklären. Es ist eine Abmachung, dass man über Psoriasis nicht redet.«

Seine Stimme gewann allmählich an Festigkeit.

»Ich erkläre den Leuten oft, dass es auf der Welt Millionen von Psoriatikern gibt. Ich weiß, die große Masse ist ein Alibi.«

Ich stellte mir Millionen von Psoriatikern vor, die eine aufgebrachte Menge bilden und durch die Straßen ziehen. Sie tragen Transparente, skandieren Losungen, marschieren im Gleichschritt, formen mit den Fingern den Kreis, das Symbol der Sonne. Auf dem Marktplatz hält ihr Anführer eine stürmische Rede. Er fordert die Menge auf, der Heuchelei und dem Verstecken ein Ende zu setzen, sich aus der Unterwerfung unter die Normen der sogenannten Gesunden zu befreien.

»Nehmen wir uns, was uns gehört!«, schreit er, reißt sich in Trance die Kleider hinunter, klettert auf das Rednerpult und streckt die befallenen Arme zur Sonne. Die Masse jauchzt und wirft ihre Kleider ab. Die Sonne liebkost ihre Flechten. Sie wiegen sich und singen ihre Hymne: »Wir sind schön, wir sind anders, wir sind überall …«

Du warst ein Mensch des Untergrundes, der mit einem geheimnisvollen Gesichtsausdruck in Andeutungen sprach, die Worte so wählte, dass sie das Gegenteil des Gemeinten waren. Auch unsere Liebe wolltest du verborgen halten:

»Je weniger man von uns weiß, desto länger werden wir die Liebe erhalten.«

Du fürchtetest dich vor der aggressiven Kraft der Worte und Blicke. Du meintest, unsere Verbindung wäre allzu zart und niemand könne sie gutheißen. Es galt, den anderen jede Information zu verwehren, aber dir lag viel daran, die fremden Gedanken zu erraten. In gemeinsamer Beobachtungsarbeit fanden wir tatsächlich viel über andere Menschen heraus. Wenn du bei jemandem etwas bemerktest, ohne dass dieser sich dessen bewusst war, bekamst du das erhabene Gefühl, über den Dingen zu schweben, und flüstertest mir zu: Ich bin ein Gott.

Einige deiner Lieblingsgedanken wiederholtest du ständig und ich dachte, du littest an Amnesie. Das war mir peinlich, bis ich begriff, dass die Wiederholungen zur Grundmelodie deiner Komposition gehörten. Aus deinen weitschweifenden Gedankenreisen kehrtest du zu ihnen zurück, treu, schicksalhaft. Und ich beruhigte mich wie beim Betrachten eines Kunstwerks. Auch Tempelprediger haben zwei, drei Gedanken, mit denen sie ein Leben lang auskommen.

»Man sollte die Leute darüber aufklären, dass es nichts Ansteckendes ist.«

Der junge Mann sprach jetzt mutiger und seine kindlichen Grübchen verschwanden.

»Du musst mehr unter Menschen.« Sie war das Zugpferd ihrer Beziehung und schleppte ihn großzügig mit.

»Ich kann nicht aus mir heraus, behalte lieber alles bei mir. Das gibt mir größere Befriedigung.«

»Er ist ein Stiller, sagt nie was, lächelt bloß und auf einmal explodiert er und beschuldigt die anderen, sie seien brutal.«

»Man muss sich in der Welt behaupten. Wie bei den Tieren. Lässt sich ein Tier anmerken, dass es Angst hat, wird es gejagt. Bei uns ist es noch brutaler. Darum täusche ich vor, ich sei unverletzbar.«

»Aber du machst dich kaputt. Außerdem bemerkt man die Angst, wenn du stumm in der Ecke sitzt.«

»Ich habe mich immer auf diese Weise behaupten können.«

Er schwieg, schaute traurig zum Fenster und öffnete es. Draußen war es genauso stickig.

»Jetzt im Sommer habe ich große

Hemmungen wegen der Ohren. Aus den Muscheln schälen sich Schuppen heraus und die Leute denken: Der hat seine Ohren nicht geputzt.«

»Aber man schaut doch recht selten den anderen in die Ohren.«

Sie lächelte.

Etwas gefiel mir an diesem Paar, die Aufrichtigkeit zwischen ihnen. Sie machten es mir leicht, sie kamen auch ohne mich zurecht. Sind die anderen hilflos, empfinde ich es als direkten Vorwurf, der sich auf mich legt wie eine dicke Staubschicht.

Die beiden hatten mich vergessen und ich schaute bloß zu.

»Sagen wir, neben dir an der Bar sitzt einer. Er sagt nicht, hör mal, du musst deine Ohren putzen, aber er denkt es. Verstehst du, ich muss denken, dass er es denkt. Dieser Gedanke ist immer da. Aber er sagt nichts. Da werde ich ausfällig.«

Ich liebte deine Schlagfertigkeit. Trotz deiner schleppenden Bewegungen konntest du überraschend schnell und geschickt reagieren. Ich experimentierte damit, warf leichte Gegenstände nach dir und du schnapptest schnalzend zu. Stets lagst du auf der Lauer, bereit zurückzuschlagen. Mit Behändigkeit kompensiertest du deine schwache Konstitution.

Erinnerst du dich noch an den Vorfall mit dem Dieb? In einem überfüllten Metrowagen rempelte mich ein dunkelhäutiger Halbwüchsiger an. Ich erläuterte dir gerade begeistert, warum schwarze Haut auf mich erotisch wirkt – weil sie gegen die Psoriasis immun ist.

»Ein Dieb!« rief ich und schaute dem Jugendlichen untätig nach. Er drängte sich mit meiner Geldbörse zur Tür und täuschte Gelassenheit vor, doch ich sah, wie unter seinem Hemd die Muskeln zuckten. Ich genoss deine Verfolgungsjagd durch die langen Metrogänge wie einen aufregenden Film. Ich lief euch ein Stück nach, die Schritte hallten laut durch die Gänge. Es war die passende Musik zu diesem Spektakel. Der Geldverlust bekümmerte mich nicht mehr, ich lehnte meinen Kopf gegen die orangefarbene glatte Wand und fühlte, dass ich dich liebte.

Im praktischen Leben jedoch warst du hilflos. Wie verzweifelt warst du, als im Winter die alten Fahrkartenautomaten durch die neuen grünen ersetzt worden waren. Du klammertest dich von hinten an meinen Mantel, als könnten sie dich verschlucken. Einige Wochen wagtest du dich nicht an sie heran. Auch mich kostet die Orientierung im Alltag viel Kraft, doch neben dir wurde ich beinahe lebenstüchtig.

»Schau sie dir an, selbst die Dümmsten schlagen sich durch. Ein wirklich kluger Mensch müsste das Leben spielend bewältigen.«

Wir standen am Metroeingang. Ich schaute um mich. Die vorbeieilenden Menschen mit ihren angespannten Gesichtern schafften es tatsächlich täglich zu überleben.

»In der Firma gibt es einen, der es nicht versteckt. Er geht mit nackten Armen herum, als wäre es ganz normal. Das ist eben das, was ihn sicher macht. Als er meine Schuppen sah, riet er mir: Geh zum Arzt, du bist auch Psoriatiker.«

Allmählich erahnte ich die Gesetze dieses Ordens. Es gibt also einsame Helden, deren Stärke unerreichbar ist, und Greenhorns, die nachsichtig unter die Fittiche genommen werden. Ich freute mich hier eine Struktur vorzufinden. Aber von der distanzierten Zärtlichkeit, mit der die Ordensmitglieder auf geheime Weise miteinander verbunden waren, blieb ich ausgeschlossen.

»Ich bin ein nervöser Mensch, kann mich unglaublich aufregen. Wenn ein Schub hinzukommt, drehe ich ganz durch.«

Er sah eher schlaff und gutmütig aus. Ich überlegte, ob die Theorie der Chefpsychologin, Psoriatiker seien hyperaktive Menschen, stimmen könnte. Mir fiel die Wechselhaftigkeit auf, das plötzliche Umschlagen von Hyperaktivität in Passivität.

»Mit den Ärzten komme ich nicht zurecht. Sie reden nicht offen, sondern beschwichtigen.«

Ich wurde nervös. Mein nächster Gesprächspartner war Dermatologe. Ich stellte ihn mir ungeduldig und überheblich vor. Schon der Gedanke an seine Machtfülle demütigte mich.

In einer Imbissbude kaufte ich ein Sandwich und aß es am Seeufer. Ich bekam wieder ein Tief, nicht das erste und nicht das letzte an diesem Tag. Ich tröstete mich damit, dass das Interview unerwartet lang gedauert und ich es geschafft hatte, zum Kernproblem dieses Psoriatikers vorzustoßen. Auch mit der Interviewtechnik konnte ich zufrieden sein. Doch wozu drang ich in die Privatsphäre fremder Menschen ein? Mit den vollen Kassetten in der Tasche kam ich mir wie eine teuflische Dienerin vor, die auf Erden die Seelen der Unglücklichen für Luzifer sammelt.

Die Psoriasis war dreist, sie provozierte dich bis zum Äußersten. Wenn du mit einer Salbe erfolgreich warst, erwies sich diese beim nächsten Schub als wirkungslos. Die unaufhörliche Suche nach einer Behandlungsmethode fraß dich auf. Sie verdrängte die Suche nach Erkenntnis. Die Höhepunkte des praktischen

Denkens waren Salzlösungen, östliche Tees, Meditationen, Massagen. Einmal versuchtest du sogar, dich selbst zu hypnotisieren. Schon von dem Wort Salzlösung bekam ich einen bitteren Geschmack auf der Zunge. Deiner Arbeit beim Rundfunk gingst du wie ein Schlafwandler nach. Hellwach warst du nur bei der Ergründung der Psoriasis. Das war deine Berufung. Einmal, als ich den Kultursender einschaltete und deine heisere Stimme erkannte, wunderte ich mich, dass niemand die Geistesabwesenheit in den knirschenden Lauten bemerkte. Von nun an rechnete ich mit deiner Entlassung. Immer häufiger ertappte ich dich dabei, wie du stundenlang gebeugt über der Schreibmaschine verharrtest, und wenn ich mich von hinten heranschlich, sah ich, dass das Blatt leer war. Das jagte mir solche Angst ein, dass ich nicht imstande war, es dir zu vorzuwerfen.

5

Die Arztpraxis war in einer kleinen Villa direkt am See, der Rasen ringsum kurz geschoren und zwei reglose Schwäne vervollkommneten die Postkartenidylle. Bei der Vorstellung, dass ich jeden Morgen das ruhige Element kraulend aufwiegeln könnte, begriff ich, wie viel Glück ich mir täglich versage. Im Haus roch es nach Desinfektionsmitteln und jeder Gedanke an Lust wurde sogleich wie eine Bakterie abgetötet. Im Warteraum war niemand. Ein älterer Mann mit weißem Bart kam leicht hinkend herein, winkte mir wortlos und ich folgte ihm. Ich setzte wieder die Miene meiner mädchenhaften Weiblichkeit auf, in der Annahme, mir damit bei männlichen Vertretern seiner Generation Nachsicht zu verschaffen. Doch er blieb distanziert und ich ging zu Professionalität über, obwohl mir klar war, dass mir dadurch ein Nachteil entstand. Er hatte sein hohes gesellschaftliches Ansehen, die Wissenschaftlichkeit, das Geld und die männliche Vormachtstellung. Ich hatte nur mein Misstrauen und die aufsteigende Wut kündigte an, dass ich hier meinen Kampf gegen die Väter trotzig fortsetzen würde.

»Mit Psoriatikern ist es wie mit allen chronisch Kranken. Die Beeinträchtigung der Lebensqualität kann enorm sein. Hauterkrankungen haben ja eine psychische Auswirkung. Das Ausmaß der Krankheit, das soziale Umfeld, das Alter, der Beruf, das Geschlecht, der Charakter, all das spielt eine Rolle. Einige nehmen es tragisch – ich hatte drei Selbstmordfälle –, andere machen sich keine Gedanken. Ein im Beruf recht etablierter Mann, verheiratet, in den besten Jahren, kann mit der Psoriasis gut leben. Am schlimmsten betroffen sind junge, unverheiratete Frauen, von denen perfektes Aussehen verlangt wird. Ältere Menschen sind abgeklärt, sie finden sich eher damit ab.

Die Ungewissheit, wann der nächste Schub

kommt und wie stark er sein wird, ist das Schlimmste. Psoriatiker haben Phasen, in denen weder körperliche noch seelische Reize etwas bei ihnen auslösen, aber wenn die Krankheit erwacht, wird alles zum Auslöser. Es ist, als ob man auf einer Schreibmaschine mit allen Tasten tippt, aber es kommt dabei kein Brief heraus, sondern nur ein großes P.«

Obwohl das interessant klang, wurde ich ungeduldig. Im Institut war mir beigebracht worden, dass ein Interview, in dem der Proband das Wort »ich« vermeidet, unbrauchbar sei. Ich beschloss zu handeln.

»Die Psoriatiker haben offenbar ein gespanntes Verhältnis zu Ärzten.«

Er war für einen Moment überrascht, verstand aber, dass ich die Psoriatiker nur vorgeschoben hatte, um mich für das Machtgefälle zwischen uns zu rächen, und lachte über meine Anmaßung.

Als die leitende Psychologin später die Kassette abhörte, sagte sie an dieser Stelle:

»Sie sind aber mutig, ich hätte das nicht gewagt.«

Ihre Anerkennung klang noch lange in mir nach.

»Ja, Psoriatiker sind aggressiv gegen Dermatologen, weil sie von ihnen abhängig sind. Sie wechseln häufig die Ärzte, das ist übrigens charakteristisch für Menschen mit einer unheilbaren Krankheit. Der Arzt braucht schon eine große Portion an Menschenfreundlichkeit, wenn der Patient immer wieder mit dem gleichen Zeug zu ihm kommt. Der Dermatologe hat eine doppelt schwierige Aufgabe. Auf der Haut sieht man alles, er kann den Patienten nicht täuschen wie der Internist, der behauptet: Ihrer Leber geht es wesentlich besser.«

Er war schlohweiß und ich überlegte, ob er früher dunkel oder blond gewesen war. Eher blond, entschied ich.

»Psoriasis ist keine eigentliche Krankheit. Sie ist vor allem ein ästhetisches Handicap. Jene, die Warzen oder Herpes haben, sind nicht sozial geächtet, aber die armen Psoriatiker, die niemandem etwas tun, außer die Augen zu beleidigen, leben im sozialen Abseits wie Aussätzige. Wissen Sie, jeder Arzt sollte einmal schwer krank gewesen sein, um seine Patienten zu verstehen.«

Plötzlich mochte ich ihn. Als er das rechte Bein ausstreckte, entblößte das leicht hochgeschobene Hosenbein eine Prothese.

Dein räumlicher Orientierungssinn war unterentwickelt und dein kindliches Lebensgefühl, ständig von Unglücken heimgesucht zu werden, ohne sich dagegen wehren zu können, hing wohl damit zusammen. Die Stadt war für dich ein Labyrinth. Du legtest dir Routen fest, nach einem geometrischen Muster, entlang der Hauptadern, damit du nicht im Gewühl der Gassen verloren gingst. Deine zunehmende geistige Starrheit, diese peinlichen Ausbrüche von Konservativismus waren ein verzweifelter Versuch, einen zuverlässigen Kompass zur Hand zu haben. Immer wieder fragtest du mich:

»Wieso liebst du mich eigentlich?«

Darauf wusste ich nur eine ehrliche Antwort:

»Wegen deines Humors.«

Nachts kamen mir Zweifel. Ich betrachtete dich, wie du schliefst, tief, wie nur Männer schlafen können. Du warst in ein Reich entglitten, in dem du mich nicht vermisstest. Deine seltenen Zärtlichkeiten waren viel zu kurz, stürmisch und sentimental, um wahr zu sein. Du setztest mich auf Diät. Ich beklagte mich nicht darüber, aber wie zur Entschuldigung zitiertest du einen Poeten:

»Wir müssen uns die Illusion bewahren.«

Manchmal ersetztest du »Illusion« durch »Sehnsucht«.

Gerne wärst du ein Psoriatikerdichter geworden. Dein humoristisches Gedicht über das Grab eines Psoriatikers, das mit Flechten bewachsen ist, gefiel mir gut.

Es war nicht die Psoriasis, auf die ich eifersüchtig war, obwohl ich es zuerst dachte. Ich war eifersüchtig auf dich, auf den, der sich von mir fernhielt. Ich erreichte dich nie und du glaubtest, das wäre klug und stilvoll von dir. Dabei war es deine Unfähigkeit zur Hingabe an einen Menschen. Du liebtest meinen weichen Körper, diese überweiße geschmeidige Haut, die dem

kleinsten Druck nachgibt und gleich zurück-
springt. Du gabst mir moos- und fellbewach-
sene Kosenamen. Deine Göttin sollte weich
sein. Im Winter trug ich einen Hosenanzug
aus violettem Mohair, meine warme empfindli-
che Haut darunter machte dich hörig, was uns
beide belustigte. Ich weiß nicht, was dich mehr
betörte: meine gegen Krusten immune Haut
oder deine eigenen schuppenfreien Zeiten, in
denen du mich an Weichheit sogar übertrafst.

»Für Psoriasis braucht man eine genetisch be-
dingte Disposition. Der Ausbruch kann durch
eine psychische oder hormonelle Ursache oder
durch eine Infektion hervorgerufen werden.
Ich bin ein Verfechter der Schockorgantheorie,
nach der jeder Mensch ein Schockorgan hat,
in dem sich seine Lebensgeschichte nieder-
schlägt. Das Schockorgan kann auch wechseln.
Bei einem mir bekannten Psoriatiker war
die Krankheit vollständig verschwunden, als
er eine schwere Nierenentzündung bekam.
Nach meinen Beobachtungen sind Psoriatiker
Menschen, die zu hohem Blutdruck, zu

Gefäßveränderungen neigen. Wir kennen verschiedene Faktoren, die die Psoriasis negativ oder positiv beeinflussen, aber im Grunde wissen wir nicht, was sie ist.«

Nach einer Pause, in der er mir Fotos von einer schmerzhaft entzündeten Rückenhaut gezeigt hatte, fuhr er fort:

»Die Haut ist ein wichtiges Ausdrucksorgan des Menschen. Ist die Haut gestört, sind auch die menschlichen Beziehungen gestört. Wenn wir auf die Welt kommen, müssen wir gestreichelt werden, sonst gehen wir ein. Aber die Psoriatikerhaut ist keine Streichelhaut.«

»Und wie steht es mit der Beziehung zu Ihrer eigenen Haut?«

Mit meiner Frage brach ich ein Tabu, nun forderte ich ihn sozusagen auf, seinen weißen Kittel abzulegen.

»Meine Haut?«

Er lachte verlegen, als stünde er auf einmal nackt vor mir.

»Meine Haut ist mir egal.«

Ein Schuster ohne Schuhe, ein Schneider ohne Kleider, dachte ich, als ich ihn verließ.

Die Fachliteratur stapelte sich unter deinem Schreibtisch, ganze Wälzer: Medizin, Biologie, Chemie. Auch Belletristik last du nur unter einem Aspekt: Du hofftest darin Hinweise auf dein großes Thema zu finden. In der Religionsgeschichte entdecktest du zwei mittelalterliche christliche Mystiker und behauptetest, beweisen zu können, dass sie beide Psoriatiker gewesen waren. In ihrem Weltbild meintest du eine charakteristische Hektik ausfindig machen zu können, den sogenannten psoriatischen Kerngedanken, die ewige Mutation der Dinge. Dass auch Heraklit mit seinen Sprüchen »Der Krieg ist der Vater aller Dinge« und »Man steigt nie ins selbe Wasser« ein Psoriatiker gewesen sein muss, war für dich unbestreitbar. Du verhieltest dich wie ein kleines Volk, dessen Stolz sich von seinen Nationaldichtern und Kriegshelden nährt.

Bald zählte auch der römische Eroberer Marcus Aurelius zu deinen Genossen. Zu jener Zeit mutiertest du nämlich zu einem Krieger. Dein Ziel war es, das Reich der Psoriatiker zu erweitern und sie weltweit zu vereinen. Für die

Befreiung deiner Klasse bewaffnetest du dich mit marxistischen Begriffen und warfst dich in den Kampf. Heroisch überwandest du täglich deine pathologische Scheu vor den praktischen Seiten des Lebens und vor den Menschen. Du sprachst im Parlament und führtest Verhandlungen mit Bürgermeistern. Du erreichtest, dass Plakate in den Schwimmbädern hingen, auf denen die Schuppen lieblich wie Blüten aussahen und darunter stand der Spruch: »Pflücke mich, ich tue dir nichts.« Kaum jemand verstand, was gemeint war, und gerade das bereitete dir heimliche Freude. In der Lokalpresse gab es nun eine regelmäßige Psoriatikerspalte, in der sich Persönlichkeiten des politischen und kulturellen Lebens als Psoriatiker oder als deren Verwandte outeten. Du entwarfst ein Logo, auf dem ein P aus der Sonne heraustrat wie ein Sonnengott, und ein Juwelier stellte danach vergoldete Abzeichen her, die später eine Fabrik massenhaft aus Blech produzierte. Du nahmst Kontakt zu ausländischen Psoriatikerverbänden auf und aus deinem Dachbodenzimmer wurde eine revolutionäre Zelle, in der das Schrillen des Telefons unsere Gespräche zerhackte und die Besucher ihre Gerüche vergaßen wie Mäntel.

Es dauerte nicht lange, bis du dich verausgabt hattest. Dies war nicht dein Lebensstil.

»Jeder soll sich selbst helfen« wurde dein nächstes Credo. Du schaltetest das Telefon ab und folgtest deinem siebten Sinn, der immer ausgeprägter wurde und zu dem die übrigen Sinne aufschauten wie Liliputaner zu Gulliver. Du suchtest einen Ausweg, der endgültig sein sollte.

6

Den langen Weg zu meiner nächsten Psoriatikerin ging ich zu Fuß, obwohl ich mich schon verspätet hatte. Die Vorstellung, mich gleich wieder hinsetzen und auf eine neue Geschichte einlassen zu müssen, gab mir ein flaues Gefühl. Ich kam in eine quadratische Wohnsiedlung, deren transparente Zweckmäßigkeit mir die letzten Kräfte raubte.

Ich erinnerte mich schwach und ungenau an den Zweizeiler, dass nicht das Sterben schwer sei, sondern das Leben.

An einem der Eingänge fand ich den Namen und klingelte. Vergeblich suchte ich an den Mauern Kritzeleien und Fettflecken. Die fehlenden Lebensspuren erinnerten mich daran, dass ich fremd in dieser Kultur war. Hier erkannte man die Anwesenheit von Menschen nicht an eingeritzten Lebenszeichen und Duftmarken, im Gegenteil – das rege Treiben stellte ich mir als ein regelmäßiges Tilgen von Spuren vor. Eine kleine Frau in mittleren Jahren öffnete mir. Sie lachte vergnügt, schüttelte ihren rot gefärbten Lockenkopf, redete drauflos und strich ein paar Mal wie zufällig über meinen Unterarm. Dieses Zeichen von Vertrautheit erstaunte mich, denn in diesem Land ist es nicht üblich, fremde Menschen zu berühren. Der Körper gehört zur unantastbaren Privatsphäre. Doch diese Frau betrachtete mich schon als Freundin der großen Psoriatikerfamilie.

»Haben Sie viele Psoriatiker kennengelernt? Hoffentlich haben Sie keinen schlechten Eindruck bekommen.«

Die Einzimmerwohnung war ausgelegt mit dicken bunten Teppichen. An den Wänden rankten sich Pflanzen empor und auf dem Tisch stand ein Blumenstrauß. Trotzdem war es luftig und hell. Sie stellte mir ein Glas Wodka hin.

»Ich habe Psoriasis guttata. Schauen Sie!«

Sie hob ihren Rock hoch und zog auch die Unterhosen aus. Die rundlichen Schenkel waren mit roten Punkten übersät. Ihre Direktheit schmeichelte mir. Ob sie mich mit einer Ärztin verwechselte? Meine Niedergeschlagenheit war verflogen und als sie mir ihre festen Pobacken zuwandte, fielen mir farbige Kinderbuchillustrationen von Marienkäfern und Fliegenpilzen ein. Das machte sie noch liebenswürdiger.

»Aber das ist noch nichts. Sie müssten mich sehen, wenn ich richtig voll bin.«

Der Hinweis verunsicherte mich. Kaum meinte ich, die Psoriasis eingekreist zu haben, entglitt sie mir wieder. Ich wollte endlich ein klares Bild von ihr haben und kam mir vor, als jagte ich einem Phantom nach.

»Wissen Sie, die Psoriasis hält mich auf Trab.«

Die Frau setzte sich und trank ihren Wodka aus.

»Wenn ich nichts dagegen unternehme, wird es schlimmer. Woher kommt sie, frage ich mich immer wieder. Ich bekam die Psoriasis vor zehn Jahren. Ich war eine starke Raucherin und hatte plötzlich mit dem Rauchen aufgehört. Und ich hatte Probleme mit dem neuen Chef. Er ließ mir nicht freie Hand und das belastete mich. Ich zog mit meinem Freund zusammen, obwohl meine Mutter dagegen war. Wilde Ehe, verstehen Sie? Das konnte sie nicht ertragen. Als sie starb, bekam ich einen starken Schub.«

Ich schaute mir die Frau genauer an. Sie ging auf die Fünfzig zu. Ihre Mutter schien noch aus dem Jenseits Macht über sie zu haben. Meine eigene starke Mutter tauchte vor mir auf und ich wurde wieder jenes schüchterne Mädchen von früher. Ich schüttelte mich.

In unserem zweiten Sommer verbrachtest du die Tage in klimatisierten Räumen, zugeknöpft und finster, während ich meinen Körper in kurzen Röcken und mit nackten Armen zur Schau trug und gesellig wurde. Ich war zu sehr mit meinen Freuden beschäftigt, um zu bemerken, wie dir die sommerlichen Entsagungen zusetzten. Ich dachte, der öffentlich zugelassene

Exhibitionismus in Schwimmbädern wäre dir sowieso suspekt. Dass zum Überleben jedes höheren Wesens ein eigenes Revier gehörte, dafür konntest du eine Menge sogenannter Beweise liefern. Von niederen Tieren, die sich gerne zusammenrotteten, sprachst du verächtlich. Doch in jenem letzten Sommer wurdest du deiner Introvertiertheit endgültig überdrüssig. Du verteidigtest sie zwar weiterhin, aber gabst nie zu, wie gern du dich unter die halbnackten Körper mischen, dich ihnen ausliefern wolltest.

Deine Bewegungen wurden auf einmal außergewöhnlich langsam und geschmeidig. Deine Stimme verlor alle Ecken und Kanten und deine Reden wurden melancholisch süß. Mir schien, du liebtest mich jetzt mehr. Du sprachst nur noch vom Tod und von der Liebe, als wären sie dasselbe. Auch ich bekam diesen erleuchteten Gesichtsausdruck und übersah, dass du schon länger nicht mehr mit mir warst.

Einmal riefst du mich aus der Klinik an:

»Ich bin in eine Sphäre eingedrungen, die di-

84

rekt in den Tod führt. Meine Wahrnehmung ist aufs Höchste verfeinert. Das ist die letzte Stufe, meine Art Selbstmord.«

Der Tod und ich waren keine Verbündeten. Er zog am anderen Ende. Am Tag nach deinem Anruf wachte ich zitternd auf, überzeugt, seine Anziehungskraft hätte gewonnen. Aber du kamst zurück. In der Klinik hatte man dir die Krusten säuberlich entfernt, doch schon am Bahnhof spannte die Haut von neuem. Von da an hast du das Trinken nicht mehr verheimlicht.

Einmal warf ich die halbvollen Wodkaflaschen aus dem Hotelfenster und wir hörten, wie sie unten zerbarsten. Du bliebst ruhig und sagtest lakonisch:

»Du hast ein Passantenehepaar umgebracht.«

Ich musste lachen.

»Ich bin bei allem, was ich tue, mit der ganzen Seele dabei, erlebe alles so intensiv. Jetzt lerne ich, es nicht an mich heran zu lassen. Im Grunde bin ich eine glückliche Natur … Ich werde damit immer wieder fertig. Auch die Religion hilft mir. Und meine Freunde. Sie haben mich deswegen nicht im Stich gelassen. Sie sagen: Ach was, das sieht man gar nicht, das meinst nur du. Bloß eine Bekannte wollte nicht mehr mit mir am selben Tisch sitzen. Also, Humor muss man haben. Die Psoriasis nimmt man mit ins Grab. Andere Psoriatiker kapseln sich ab, ich raffe mich auf und gehe unter die Menschen. Ich war eine der Ersten im Psoriatikerverband. Man muss die Krankheit positiv nehmen. Durch die Psori habe ich nette Menschen kennengelernt.«

Psori erschien mir wie ein liebes zotteliges Wesen, dank dem man bei Abendspaziergängen Bekanntschaften schließt.

»Haben Sie Kinder?«, fragte ich.

»Nein.«

Auf dem Nachhauseweg von einem langen Waldspaziergang erblickten wir sie gleichzeitig und blieben stehen. Sie wand sich anmutig auf der trockenen Erde zwischen den Kieselsteinen. Ihre langen schwarzen Haare hatten einen samtenen Glanz wie das Fell eines wohlgenährten Raubtieres.

»Schau dich an.«

»Ja«, flüsterte ich.

»Jetzt musst du mich immer lieben, ich habe dich nämlich erkannt.«

»Bin ich es wirklich?«

Meine Frage war nur rhetorisch.

»Ja, das bist du.«

Die Raupe hatte die Eleganz des Vollkommenen. Ich hielt das für mehr als ein Kompliment und war glückselig. Schon wieder tappte ich in deine Falle. Mit solchen Worten, die dich keine Mühe kosteten, bandst du mich an dich.

Wenn die Kinderstimmen schlafen, setze ich mich in den Sessel im Wohnzimmer und blättere im großen Atlas. Auf der Seite mit der länglichen gelben Insel halte ich an und paddle mit den Füßen in der Luft. Ich unterdrücke ein schallendes Lachen, sodass die Nase juckt. Meine Sehnsucht nach Sicherheit findet in diesem geografischen Spiel ihre Erfüllung.

Dort bist du, eingeschlossen auf dem sandigen Fleckchen Erde. Von dort entkommst du mir nicht. Wie eine Zoowärterin, die den Käfig pflichtbewusst und mit immer dem gleichen Lärm abschließt, klappe ich die harten, grünen Deckel des Atlasses zu.

»In die Klinik gehe ich gern. Dort sagt man sich gegenseitig auf Wiedersehen. Wir sind eine fröhliche Runde, Frauen, Männer, spielen Karten, schauen Fernsehen bis in die Nacht. Zuerst bin ich erschrocken, wissen Sie, denn wir sehen wie Mumien aus, bis zur Unkenntlichkeit entstellt. Aber ich weiß, wenn ich rauskomme, habe ich eine Zeit lang Ruhe. Während des Krankenhausaufenthaltes bekomme ich vollen Lohn und die Wäsche, die durch die Salben kaputtgeht, kann ich von der Steuer absetzen.«

Ihr praktischer Sinn gefiel mir, er machte sie stark.

»Auch unter den Psoriatikern gibt es glückliche Menschen und ich bin einer davon. Wir Psoriatiker halten zusammen. Nur für die ganz Jungen ist es schlimm. Die tun mir leid.«

Wie eine Sippenmutter, dachte ich, sorgt sich um die Nachkommen, die auf schwachen Beinen stehen und verlassen in den Ecken wimmern. Kommt zu mir, ruft sie und breitet ihre Arme aus.

»Sie sind tapfer«, sagte ich. Die empfohlene Floskel aus dem Explorationskurs benutzte ich mit gutem Gewissen.

»Möchten Sie noch einen Wodka?«

Ohne meine Antwort abzuwarten, füllte sie das Glas.

»Wie hat sich die Psoriasis auf Ihre Beziehung ausgewirkt?«

»Gar nicht. Das heißt, sie hat uns einander noch näher gebracht. Er kannte mich schon vorher. Wenn ich ihn nicht hätte ... Er hat mich oft gepflegt, mir den Rücken eingesalbt und wenn ich in der Klinik bin, kümmert er sich um den Haushalt. Aber es gibt auch Schlimmes. Der Mann meiner Freundin ekelt sich, wirft es ihr dauernd vor. Das musst du wegkriegen, sagt er. Und als sie im Krankenhaus war, um sich sauber machen zu lassen, hat er sie nur einmal besucht.«

Während sie sprach, machte ich mir Notizen zum zwiespältigen Verhältnis der Psoriatiker zu ihrer Krankheit. Zwischen Verdammung und Verniedlichung oder Bewunderung setzte ich einen Doppelpfeil und schaute sie wieder an.

»In der Dermatologie habe ich ein Plakat gesehen, darauf ist ein kleiner Junge mit Sommersprossen und in kurzer Hose abgebildet. Richtig süß und an den Knien ist er voll. Darunter steht: Psoriasis ist genauso ansteckend wie Sommersprossen, nämlich gar nicht. So ein Plakat will ich mir besorgen.«

Diese Ausdrücke, sauber und voll, als hätte man volle Hosen. Damit bezichtigen sie sich selbst, als seien sie schuld an ihrem Zustand, als mangele es ihnen an Disziplin. Und das in einem Land, in dem Sauberkeit und Selbstkontrolle hohe moralische Werte darstellen.

»Was haben Sie da?«

Sie zeigte auf meinen linken Unterarm. Ich sah eine rote Stelle, an der ich schon länger kratzte, ohne dass es mir bewusst war. Sie schälte sich in der Mitte. Auf dem Glastisch lagen kleine weiße Schuppen.

»Ich weiß nicht, ein Insektenstich vielleicht.«

Sie schwieg und meine Nackenmuskeln zogen sich ruckartig zusammen.

Deine neue Leidenschaft hielt ich zuerst für eine harmlose Spielerei, wenn auch der Eifer, mit dem du Berichte über Ufos und weltweit verstreute Zeichen von außerirdischer Existenz sammeltest, bedenklich war. Du stöbertest in Bibliotheken und Antiquariaten herum, riefst Zeitungsredaktionen an und erkundigtest dich beim Militär. Die Schübe kamen jetzt in kürzeren Intervallen und waren stärker. Sie waren dir sogar willkommen. Du sahst darin Botschaften von anderen Planeten und fühltest dich auserwählt. Außerirdische Intelligenzen schickten ausgerechnet über deine Flechten verschlüsselte Mitteilungen an die Menschheit. Ich musste dich wochenlang täglich von vorne und hinten fotografieren. Ich schloss dabei die Augen, denn du warst in der letzten Zeit abgemagert und ich mochte mir deine hervortretenden Knochen nicht anschauen. Die Aufnahmen ordnetest du zuerst zeitlich, dann nach Ähnlichkeit in den Mustern, die du mit Symbolen alter Völker verglichst. Stundenlang starrtest du auf die Chiffren, mal mit einer Lupe, mal aus großem Abstand, bis du meintest, Teile der Flechtensprache entziffert zu haben.

»Schau dir diesen explosiven Flecken an, ein Angriff aus dem Weltraum steht bevor, aber er wird regional begrenzt sein, denn die Flechte hebt sich deutlich von ihrer Umgebung ab.«

»Und wo schlagen die Außerirdischen zu?«

»Auf einer kleinen Insel. Die benachbarten Flechten sind nämlich ebenmäßig gewellt. Sie stehen für das Meer.«

»Und kannst du nicht erraten, wo ein Schatz begraben ist?«, spottete ich.

Ich reagierte eher überheblich als besorgt auf diese neue Art von Größenwahn. Und seltsam, deine Maßlosigkeit, deine ständige Risikobereitschaft gefielen mir. Wie dem Imponiergehabe eines Pfaus unterlag ich erneut deinem Reiz.

Die Maßlosen trifft ein frühes Ende und du trugst das apokalyptische Zeichen dafür in Form deines Flechtenkleides. Ich hatte es im Grunde gewusst: Unsere Liebe lebte von der Intensität der kurz bemessenen Zeit wie zwischen zwei Schüben. Du sagtest oft: Die ewigen Götter lieben nicht.

7

Es dämmerte schon, als ich auf die Straße hinauskam. Mein Herz raste, die Knie zitterten und ich fürchtete ohnmächtig zu werden. Ich versuchte gegen die Panik den Verstand zu mobilisieren. Ich rieb den Flecken, der geschwollen war und juckte. Psoriasis ist nicht ansteckend, das ist bewiesen, redete ich mir zu, aber die Ängste haben ihre eigene Logik. Die Psoriatiker hatten mich auf eine andere Art angesteckt, womöglich über den telepathischen Umweg.

»Ich habe eine psychische Prädisposition zur Psoriasis!«, sagte ich laut und blieb stehen. Die Siedlung wirkte verlassen, in einigen Fenstern gingen die Lichter an.

Wenn ich es mir genau überlegte, war ich eine typische Psoriatikerin – dynamisch, launisch, unberechenbar –, eine seelische Feinschmeckerin, die mehrmals täglich ihre Persönlichkeit wechselte. Ein Gedankensturm entfesselte sich und ich lieferte mich ihm aus. Und je wirrer die Ängste mir ihre Argumente lieferten, desto klarer schien mir mein Fall zu sein. Da ich mich auf die Psoriatiker besonders empathisch eingelassen hatte, wurde meine schlummernde Psoriasis geweckt. Sie ließ sich von den anderen psoriatischen Formen inspirieren, um nun ihre eigene Form zur Entfaltung zu bringen. Oder anders: Die Psoriatiker hatten mich als ihresgleichen erkannt und mir das Teuerste, was sie besaßen, geschenkt. Ich hatte ihnen meinen Geist und mein Herz zur Verfügung gestellt und sie hatten mich dankbar in ihre Sekte aufgenommen. War es ein Zeichen ihrer Zuneigung oder vielmehr ihre Rache an der Welt? Oder einfach folgerichtig, denn wer das Innerste der Psoriatiker erkannte, der musste einen Mitgliedsbeitrag für ihren Exklusivclub entrichten. Die Psoriatiker waren womöglich davon überzeugt, dass es sich um eine Auszeichnung handelte. Die Variierbarkeit der Flechten, ihre ungewisse Ausbreitung, die

Unvorhersehbarkeit der Schübe, das war doch etwas Böses, Hinterlistiges. Und die davon Befallenen würden wohl auch so sein, wieso auch nicht. Auf jeden Fall konnte man sich auf sie genauso wenig verlassen wie auf ihre Psoriasis. Ich steigerte mich in die Empörung hinein.

Der Sternenhimmel über mir war klar und ich zweifelte nicht mehr daran, dass die Psoriatiker mit schwarzer Magie umzugehen verstünden. Ich spürte ihre unsichtbare Gegenwart, unsere Häute berührten sich. Sie hatten mich wie erfahrene Guerillakämpfer umzingelt und ihre Flechtennetze nach mir ausgeworfen. Ihre einzige und vernichtende Waffe war schuppig. Vor mir sah ich meine Sisyphoszukunft. Auch ich würde Salben und das Tote Meer den Berg hinaufrollen und kaum dort angekommen, würde mir die Hoffnung aus den Händen gleiten und hinunterrutschen.

Wie sich in ein paar Minuten liebenswerte Einzelmenschen in eine Armee von gesichtslosen Ungeheuern verwandeln konnten! Gegen den anfänglichen warmen Strom aus Sympathie erhob sich eine Flutwelle aus Feindseligkeit. Die Monstrosität der Angst hatte alle anderen Stimmen zum Schweigen gebracht, hatte die Perspektive gedreht. Aus dem offenherzigen Interesse an den anderen wurde eine Sorge um mich selbst. Jetzt ging es nur noch um meine Rettung.

Ich will nichts mehr mit denen zu tun haben, nicht mehr über sie nachdenken, dann kann ich vielleicht noch zurück. Ich war überreizt, hungrig, dem Weinen nahe. Und vor mir türmten sich noch zwei Interviews auf. Ich verfluchte mich, dass ich so ehrgeizig gewesen war, die ganze Studie an einem Tag bewältigen zu wollen. Am liebsten hätte ich mich selbst bemitleidet, aber das lehnte ich als Schwäche ab. Ich verspürte den Wunsch nach Selbstbestrafung:

»Jetzt hast du die Psoriasis, geschieht dir recht!«

Das beruhigte mich.

Meine nächste Psoriatikerin war eine zierliche ältere Dame ohne besondere Merkmale, mittelgroß, in grau-schwarzer Kleidung mit braven Pünktchen. Sie lebte in einem Abbruchhaus, das eine Wohngemeinschaft alternativer Jugendlicher besetzt hatte. Im Treppenhaus roch es nach Marihuana, es war still. Der Tee stand auf dem Tisch und sie begann zu erzählen, noch bevor ich mich hingesetzt hatte. Ich war erschöpft und hörte ihr zunächst gar nicht zu, verließ mich auf das Tonband, doch nach einer Weile begriff ich, dass diese Frau nicht mit der Psoriasis, sondern mit der Einsamkeit rang.

Im Spätsommer fing es an. Ich weiß jetzt, dass wir es nicht hätten verhindern können. Du beugtest dich bloß einer Notwendigkeit. Deshalb bin ich nicht traurig. Es ist im Gegenteil befreiend zu wissen, dass du es eingesehen hattest. Immer seltener quälen mich Zweifel, dass wir den Moment verpasst, jenes Detail nicht bemerkt hätten, von dem die Wende abhing. Wenn ich das Glück habe – und es wird mir jetzt immer öfter gegönnt –, deinen Weg als eine Rückkehr aufzufassen, dann glättet sich der Schrecken.

An einem unserer letzten Sonntagnach-
mittage, als wir am Naturhistorischen Mu-
seum vorbeigingen, gerietst du plötzlich in
eine seltsame Erregung. Am großen messing-
verzierten Tor hing ein Plakat mit einem
leuchtend grünen Leguan. Am Montag danach gingst du nicht zur Arbeit und kündig-
test telefonisch.

»Vor zwei Jahren, als ich beim Waldlauf mit
einem Herzinfarkt kollabierte, tauchten schon
im Krankenhaus diese Schuppen am Kopf auf.
Meine Haare sahen schrecklich aus. Ein Pfleger
sagte zu mir: Entschuldigen Sie, aber diese un-
gepflegten Haare passen nicht zu Ihnen. Ich
schämte mich vor all den Studenten, Ärzten,
Professoren. Es ist schlimm, wenn man schup-
piges Haar hat. Andere sehen immer tipptopp
aus. Im Winter gehe ich nicht ohne eine schöne
Pelzmütze raus.«
Die Frau mir gegenüber hatte das dichte
weiße Haar in einer konventionellen Dauer-
welle zurechtgemacht. Ihre ästhetischen Vor-
stellungen verwunderten mich. Hinter ihrer

Unscheinbarkeit hätte ich eine Sehnsucht nach Schönheit nie vermutet.

»Ich versuche alles, lebe vom Reformhaus, behandle mich nur mit Homöopathie, ja keine Chemie, gehe zur Hydrotherapie, das ist gut für die Entspannung, spaziere viel, mache Atemübungen. Ich bin oft im Psoriatikerclub, dort sieht man allerlei.«

Sie fasste sich an den Kopf.

»Das ständige Einölen und Kopfwaschen ist zeitraubend, eine richtige Behinderung ist das.«

Wenn ich an unsere letzten gemeinsamen Wochen zurückdenke, steigen in mir verwirrende Gefühle hoch. Giftige Dämpfe vermischen sich mit sanften Düften und ich will diese Zaubergrube am liebsten endlich für immer zuschütten. Der Schmerz ist manchmal noch so schreiend scharf, dass er sich vom Entsetzen nicht lösen kann. Dass die Umkehr so schnell vor sich ging, verdanktest du dem eigentümlichen siebten Sinn, wie du deine intuitive Intelligenz nanntest, und deinem starken Willen. Allerdings war dein Wille in der letzten Phase nicht mehr ein Ausdruck der freien Entscheidung, sondern merkwürdig ferngesteuert und eher wie ein Instinkt. Die Ereignisse überschlugen sich und das erstaunte mich nicht.

Gleich am Montag besorgtest du dir farbige Bildbände über Reptilien und die Gier, mit der du darin blättertest, beleidigte mich und widerte mich an. Ich schrie dich an und hämmerte dir mit den Fäusten auf den Kopf, aber dafür warst du schon unempfindlich geworden. Ich spürte, dass ich vor dem Ende machtlos war. Innerhalb weniger Tage wurden deine geschmeidigen Gesten ruckartig und statt deiner anziehenden Lässigkeit legte sich eine gespenstische Starre über deinen ganzen Körper. Du hocktest oft im Schneidersitz auf dem Boden und bei der leisesten Störung sprangst du auf und ranntest in die Ecke. Dort nicktest du rhythmisch mit aufgesperrtem Mund. Du räumtest nicht mehr auf: Benutztes Geschirr, ungeöffnete Briefe, unbezahlte Rechnungen, hingeworfene Schuhe und Kleidungsstücke lagen tagelang am selben Ort, als gehörten sie einem Toten. Aber wie wenig tot du warst, zeigte dein übermäßiger Hunger. Alle Vorräte verschwanden wahllos in deinem Schlund. Essen wurde die einzige Tätigkeit, der du dich konzentriert und genussvoll hingabst. Obwohl es noch warm war, heiztest du, denn du warst nicht mehr imstande, eigene Körperwärme zu erzeugen. Gegen Abend wurden deine Glieder dunkelblau vor Kälte. In der zweiten Woche lichtete sich dein Haaransatz und ich sah, dass die Fontanelle sich wieder geöffnet hatte. Wo die Schädeldecke auseinanderbrach, war die Stelle weich wie bei einem Säugling und ich ertastete den Puls darin. Einmal nachts erschrak ich, als ich für einen Moment dachte, die Spalte wäre ein Auge, das im Dunkeln funkelte.

Ich hätte diese Veränderungen sogar hingenommen, so absurd es auch klingt, wenn du nicht die Sprache verloren hättest. Dabei weiß ich, dass das alles zusammengehört. Zuerst büßtest du die Fähigkeit ein, Neues zu denken und auszudrücken. Du verheddertest dich in vertrauten Wiederholungen, die immer rudimentärer wurden wie bei einem rasend beschleunigten Alterungsprozess. Ich konnte zwar einzelne Gedanken erkennen, die du wie Bauklötze aneinander reihtest, aber der Zusammenhang zwischen ihnen war dir abhanden gekommen. Aus deinem breiten Redestrom wurden kurze brüllende Wasserfälle, in deren Schaum zerfetzte Fauna und Flora verschwanden. In der dritten Woche verschlechterte sich deine Aussprache, ein Buchstabe nach dem anderen fiel weg wie Schrauben von einer Maschine, die nun dampfend zischte. Mich nahmst du nur noch körperlich wahr. Du richtetest dich nicht mehr nach dem Inhalt meiner Worte, sondern nach ihrem Klang. Während einer kurzen Zeit wurdest du dir deiner Verwandlung offenbar bewusst und weintest viel. Du suchtest dann meine Nähe, doch ich flüchtete erschrocken in eine heftige Abwehr. Deine lächerliche Hilflosigkeit drohte mir das Letzte – meinen Respekt vor dir – zu rauben. Die grausamen Gesetze der Liebe kanntest du allzu gut. Schnell wandtest du dich wieder der Nahrungsaufnahme zu und verstummtest. Deine Haut war vollständig verkrustet, aber du kratztest dich nicht mehr. Der Juckreiz, ein Symptom für ein Ungleichgewicht, schien überflüssig geworden, als erreichtest du gerade ein neue Art Einklang mit dir selbst. Du trugst deine Krusten am Leib wie das Gewand eines Würdenträgers, unter dem du dich nur noch selten bewegtest. Die meiste Zeit verbrachtest du sitzend in einer stolzen Haltung. Manchmal überraschten mich warme, glückliche Gefühle. Ich liebte dich dann, wie man eine leblose, verfügbare Kostbarkeit liebt.

»Es heilt nie. An einer Stelle trocknet es aus und schon blüht es an einer anderen. Das ist doch sinnlos, sich jeden Tag mit etwas abzumühen, von dem man weiß: Das bekommst du zeitlebens nicht weg. Man kann Depressionen davon bekommen, das sage ich Ihnen.«

Die Klagen der Frau erschienen mir übertrieben. Ich verdächtigte sie, dass sie umso mehr um mein Mitleid buhlte, je hartnäckiger ich es ihr verweigerte. Ich hielt sie nicht einmal für eine richtige Psoriatikerin und fand es peinlich, dass sie im Psoriatikerclub so anbiedernd ein und aus ging. Sie merkte es und um mich zu beeindrucken, erzählte sie von tragischen Fällen, bei denen die Psoriasis zusammen mit Polyarthritis auftritt. Sie kannte sich in der Terminologie ausgezeichnet aus und erreichte ihr Ziel: Ich hörte ihr noch ganze zwanzig Minuten zu. Der kleine Zuschlag für längere Interviews motivierte mich zum Ausharren. Als ich aufstand, bot sie sich an, mich ins Stadtzentrum zu begleiten. Ich wollte endlich allein sein, doch ich schaffte es nicht, gegen meine Erziehung zu verstoßen:

»Das ist sehr nett von Ihnen.«

Auf der Straße redete sie noch ungehemmter und als sie sagte, ihr Sohn hätte kürzlich Psoriasis an den Händen bekommen und sie hätte ihm geraten, geh bloß zu keinem Arzt, revidierte ich mein vorschnelles Urteil: Sie war doch eine echte Psoriatikerin.

8

Bevor du vollständig die Fähigkeit verloren hattest, Silben herauszupressen, las ich dir aus der Entstehungsgeschichte der Erde vor. Ich trage gern vor, meine Stimme wirkt machtvoll und ich berausche mich daran. Mitten im Kapitel über die Zeit der Trias musste ich allerdings aufhören. Die Schilderung der gepanzerten Saurier, die vor zweihundert Millionen Jahren in wundersamen Formen den Planeten bevölkerten, versetzte dich in wilde Unruhe und du gabst einen starken Zischton von dir. Dabei winkeltest du die Arme an und strecktest den Bauch vor. Die Energie, die du früher in Worte investiert hattest, floss nun in deine Gebärden und sie wurden imposant, ja gewaltig. In manchen erkannte ich deine Lust am Stilisieren. Das war immerhin ein Trost.

Ich wollte das Unvermeidliche nicht mehr

hinausschieben, borgte mir Geld, kaufte zwei Flugtickets und brachte die Söhne zu meiner Mutter. Die Trennung fiel uns schwer, der Kleinere umklammerte meinen Schenkel, Mutter zerrte ihn weg und es schmerzte, als risse sie mir die Haut ab.

Im starken Licht über den Wolken sah ich, dass deine gelben Augen mit unzähligen feinen Rillen versehen waren, als könnten sie Auskunft über das Alter geben wie Baumringe. Die Augenbrauen stülpten sich darüber, sie waren zu feisten Höckern angewachsen.

Nach der Landung streiften wir den Strand der Psoriatiker, aber du bliebst beim Anblick deiner Leidensgenossen gleichgültig. Sie waren nicht mehr deine Heimat und auch nicht unser Ziel. Wir reisten mit dem Bus weiter, die einheimischen Passagiere beargwöhnten uns, wir schifften uns auf einer Fähre ein, blieben die ganze Zeit allein auf dem Deck. Auf einer kleinen einsamen Insel stiegen wir aus. Zuerst lagst du bewegungslos einige Stunden im Sand. Deine vollständig befallene Haut war immer noch grau und matt wie in den letzten

Wochen. Du lagst in der tropischen Sonne wie ein dort ansässiger Stein und mir fiel auf, dass dein vergrößerter Adamsapfel eine orange gefärbte Falte warf.

Gegen Abend bewegtest du dich unheimlich schnell durch den Sand und klettertest auf einen Eukalyptusbaum. Ich war dir dankbar für die Würde deines Abschieds. Als deine neue Bleibe wähltest du einen dicken Ast, der über dem Meer hing. Der Motorenlärm kam näher, ich ging zur Mole zurück und als wir ablegten, ließest du dich ins Meer fallen und schwammst der Fähre nach. Auf dem Ast flatterte dein gehäutetes durchsichtiges Schuppenkleid wie eine Nationalfahne im trockenen Wind. Ich schrie, man solle den Motor abstellen, ich stampfte hysterisch mit den Füßen, wollte alles rückgängig machen, aber da drehtest du um und als du ans Ufer hinaufstiegst, leuchtete dein Rücken metallisch grün. Die Schuppen wirkten saftig wie junge Blätter. Ob es Freude war, dieses Gefühl, das mich erfasste, werde ich nie sagen können, es war zu besinnungslos.

Nur noch ein Interview, dachte ich, und biss die Zähne zusammen. Deine kleine Dachwohnung lag neben dem Bahnhof. Es war kurz vor elf. Am Telefon hattest du gesagt, du seist ein Nachtmensch, ich könne ruhig spät kommen. Ich nahm mir vor, den Mitternachtszug nach Hause nicht zu verpassen, und eilte die hölzernen, gefährlich polierten Treppen hoch. Zum ersten Mal an diesem Tag dachte ich an meine Söhne und sehnte mich nach dem Kükengeruch in ihren Haaren. Ich ahnte nicht, was mich in jener Nacht erwartete, oder doch, denn die letzten Stufen rannte ich fast, voller Unruhe. Du hörtest meine Schritte und machtest auf, als ich gerade läuten wollte.

»Sie sind vom Institut? Kommen Sie herein.«

Im dunklen Flur hätte ich geschworen, deine Augen wären aus Phosphor. Ich zeigte dir sofort meinen roten Flecken und du lachtest, als wärst du einem Menschenexemplar begegnet, das das Unglück nur aus Schulbüchern kennt. Das Interview haben wir nie gemacht, ich rief meinen Mann an und sagte, ich hätte den letzten

Zug verpasst und würde erst zum Frühstück zurückkommen. Diese Art von Lügen ist mir vor allem wegen ihrer Gewöhnlichkeit zuwider. Du standest mit dem Rücken zum offenen Fenster und schautest mir zu. Ich musste am Telefon die Aufregung gar nicht vorspielen, meine Stimme beeilte sich keuchend. Dass es das Keuchen der süßen Erwartung war, hatte mein Mann nicht bemerkt. Wir machten einen nächtlichen Spaziergang am Seeufer. Am nächsten Morgen war der rote Flecken am Unterarm platt und bleich.

Stell dir vor, ich habe die Festanstellung im Institut bekommen. Auch meine Ehe hat sich stabilisiert. Und das Haus beruhigt mich, seine Mauern sind dick. Ich streichle oft die rosaroten Narben, die meinem älteren Sohn nach einer schweren Verbrühung geblieben sind. Sie fühlen sich an wie eine plastische Landkarte. In der Form eines großen Schmetterlings ziehen sie sich über seine linke Schulter hinunter zur Brust. Es ist schmerzhaft zu wissen, dass sie nie verschwinden werden, aber auch tröstlich.

Ob ich mich gegen die plastische Operation deshalb so heftig gewehrt habe, weil ich über seine gezeichnete Haut mit ihm verbunden sein will? Und wohl auch mit dir?

Im Morgengrauen liege ich wach und höre aus dem Erdinneren das dumpfe, dunkle Rufen der Trias. Es wäre leicht, mich dem Sog zu ergeben und abzustürzen. Doch nur der Sturz wäre leicht. Unten bei dir angelangt, würde der Existenzkampf von neuem beginnen, und er wäre festgelegter als der der Menschen. Wenn ich dann aufstehe, hängst du noch an mir wie schwere Wasserpflanzen, aber nach den ersten Schritten habe ich dich abgeschüttelt, denn ich höre die Kinder. Der einsilbige Ruf des Jüngeren durchdringt meinen Unterleib und breitet sich von dort in den ganzen Körper aus.

Die Psoriasisstudie ist abgeschlossen. Es kam nicht viel dabei heraus, für Eingeweihte nur Altbekanntes. Was du schon wusstest, ist jetzt empirisch belegt und kann veröffentlicht werden. Nächste Woche beginnen wir mit einer Depressionsstudie. Ich freue mich schon.

Irena Brežná
Die beste aller Welten
Roman
168 Seiten, geb. m. SU
ISBN 978-3-938740-72-9

Die Geschichte einer schwierigen, doch bravourös be-
wältigten Kindheit in einem sozialistischen Land.

Pressestimmen

»Wie reagieren Kinder auf die Allgegenwart der Ideologie
in einem totalitären System? Seit Agota Kristofs Klassi-
ker ›Das große Heft‹ hat keine Autorin aus Osteuropa das
Thema mehr so eindringlich behandelt wie Irena Brežná.«
Hubert Spiegel, FAZ

»Irena Brežná versteht es, eine naive Sichtweise ideolo-
giekritisch zu nutzen, ohne dabei direkt anzugreifen. Das
stellt sie in eine Reihe mit Imre Kertész und Herta Mül-
ler. Ich habe selten einen gedanklich so dichten Prosatext
gelesen, der mit einer so einfachen und zugleich schönen
Sprache daherkommt.« *Alexandra Millner, Falter*

»Eine poetische Umdeutung voller skurriler und seltsamer
Anekdoten aus der Aufbauepoche des osteuropäischen So-
zialismus. Der Kindersinn nimmt die Dogmen und Phra-
sen wörtlich – und entlarvt so ihren Schwindel und ihre
Paranoia. Ein ausgesprochen komischer und satirischer
Vorgang. Ein Buch, durch das literarische Utopie weht.«
Ursula März, Deutschlandradio Kultur

Marianne Suhr
Roter Milan
Roman
ca. 264 Seiten, geb. m. SU
ISBN 978-3-86915-026-0

»Sie erlebten eine Zeit der Gemeinsamkeit, in der nur die Gegenwart zählte, und das Dorf war für sie die ganze Welt. Und hoch in der Luft der Rote Milan, der seine Kreise zog, mit Sehnsucht beobachtet von dem Kind, das noch nicht wusste, was Sehnsucht heißt. Und es gab das Versprechen, sich nie zu trennen, ohne zu ahnen, was kommen wird.«

Die Grenzen sind geöffnet, die neue Bundesrepublik beginnt zusammenzuwachsen. Karin, die aus Brandenburg stammt, aber in den Westen gegangen ist, als es noch möglich war, verspürt Ängste vor den politischen Veränderungen in einem vereinten Deutschland. Kurz nach der Wende verlässt sie Berlin, um in Luxemburg zu leben, wo auch ihre Schulfreundin Janne wohnt. Am ersten Tag im neuen Land fährt Karin – zunächst aus Versehen, dann noch einmal mit voller Absicht – mit dem Auto gegen eine Mauer.

Roter Milan ist ein Roman über die starke Verbindung zwischen zwei Frauen und ihr Leben während und nach der Teilung Deutschlands. Trotz der Zweifel an einer scheinbar friedlichen Gegenwart wollen sie einen neuen Weg einschlagen.

Erika Pullwitt
Im Lande Gänseklein
Roman
256 Seiten, Klappenbroschur
ISBN 978-3-86915-005-5

»Wie viele Leben habe ich nicht gelebt? Auch ein Leben ohne Steffen wäre möglich gewesen. Doch wäre dieses Leben besser gewesen? Sie hatte entschieden, wie sie entschieden hatte. Und jetzt hatte sie entschieden, Georg ein bisschen in ihr Leben zu lassen. Das würde sie hinkriegen, sagte sie sich.«

Zwanzig Jahre leben Karin und Steffen Lohberg bereits mit der Sprachstörung des Ehemannes. Gerade mal fünfzig Worte sind ihm nach einem Schlaganfall geblieben. Der Alltag gestaltet sich kompliziert und ist vor allem für die Ehefrau zeit- und kraftraubend. Karin entschließt sich zu einer Auszeit und fährt an die See. Die Begegnung mit einem anderen Mann weckt verschüttete Wünsche und Bedürfnisse …

Pressestimmen

»Wahrhaftig und authentisch und doch erfrischend leicht.«
piazza: Frauen lesen | leben | erleben

»Wie sich eine Aphasie auf eine Partnerschaft auswirkt, beschreibt der Roman ›Im Lande Gänseklein« in beeindruckender emotionaler Tiefe.«
Dr. Brigitte Mohn, Schlaganfall-Magazin

Unterstützt durch den Fachausschuss Literatur BS/BL

FA BS/BL Literatur
KULTUR
kulturelles.bl

Bibliografische Information der Deutschen Nationalbibliothek
Die Deutsche Nationalbibliothek verzeichnet diese
Publikation in der Deutschen Nationalbibliografie;
detaillierte bibliografische Daten sind im Internet
über http://dnb.d-nb.de abrufbar.

1. Auflage 2010
© edition ebersbach
Horstweg 34, 14059 Berlin
www.edition-ebersbach.de
Alle Rechte vorbehalten.
Satz und Umschlaggestaltung: Birgit Cirksena, Berlin
unter Verwendung eines Bildes von Stephen Dalton,
picture-alliance / NHPA / photoshot
Druck und Bindung: Elbe Druckerei, Wittenberg
ISBN 978-3-86915-025-3